천산루

조도형 新검협 판타지 소설

FANTASTIC ORIENTAL HEROES

천산루 10

조돈형 新무협 판타지 소설

초판 1쇄 찍은 날 § 2015년 10월 1일
초판 1쇄 펴낸 날 § 2015년 10월 8일

지은이 § 조돈형
펴낸이 § 서경석

편집책임 § 이창진

펴낸곳 § 도서출판 청어람
등록번호 § 제387-1999-000006호
등록일자 § 1999. 5. 31
어람번호 § 제2-2604호

주소 § 경기도 부천시 원미구 부일로 483번길 40 서경B/D 3F (우) 420-822
전화 § 032-656-4452 팩스 § 032-656-4453
http://www.chungeoram.com
E-mail § chungeorambook@daum.net

ISBN 979-11-04-90439-4 04810
ISBN 979-11-316-9083-3 (세트)

천산루

天山樓

조도형 新무협 판타지 소설

10

FANTASTIC ORIENTAL HEROES

도서출판 청어람

천산루

70장

구사일생(九死一生)

"가소로운 것들!"

환희존자의 입에서 차가운 비웃음이 흘러나왔다.

당가려와 장촉의 대화를 들은 것은 아니었지만 이미 분위기상 어떤 대화가 오갔는지 충분히 짐작할 수 있었다.

장촉의 손이 당가려의 가슴으로 향할 때 짐작은 확신이되었다.

환희존자의 손이 재빠르게 움직이고 당가려가 음적 따위에게 유린당하지 않도록 하기 위해 그녀의 목숨을 거두려던 장촉은 무기력하게 나뒹굴고 말았다.

"아!"

두 눈을 꼬옥 감고 죽음을 기다리던 당가려의 입에서 절 망스러운 탄식이 터져 나왔다.

행여나 그녀가 혀를 깨물고 자진을 하지는 않을까 걱정 한 환희존자가 음욕 어린 손길로 당가려의 혈을 짚었다.

몸을 움직이지 못하는 것은 물론이고 아혈까지 제압당 한 채 아무것도 할 수 없었던 당가려는 그저 절망 어린 표 정으로 눈물만 흘렸다.

"흐흐흐! 고년 참!"

당가려의 애처로운 모습에 오히려 음심이 동한 환희존 자가 끈적한 눈빛으로 당가려의 전신을 훑으며 음탕한 웃 음을 흘려댔다.

"잠시 물러가 있거라."

환희존자가 그와 비슷한 눈빛으로 당가려를 바라보고 있던 젊은 마승들에게 소리쳤다.

눈치 빠른 젊은 마승들은 환희존자의 명령을 곧바로 이 해하곤 걸치고 있던 가사를 벗어 가지런히 땅에 깔고는 서 둘러 자리를 떴다.

젊은 마승들이 자신과 당가려를 중심으로 경계를 서듯 세 방향으로 흩어지는 모습을 흐뭇하게 지켜보던 환희존 자가 천천히 옷을 벗었다.

옷자락이 소도로 인해 생긴 상처를 건드릴 땐 살짝 미간을 찌푸리긴 했지만 그 정도 고통으론 활화산처럼 꿈틀대는 음심을 잠재우지 못했다.

환희존자가 하나씩 옷을 벗어 던지고 중년의 얼굴과는 전혀 어울리지 않는 미끈하고 건강한 구릿빛 육체가 조금씩 모습을 드러낼수록 당가려는 더욱 더 깊은 절망 속으로 빨려들어 갔다.

"아무리 미색이 뛰어나도 목석과 사랑을 나눌 수는 없는 노릇이지. 점혈을 풀겠다. 아혈도 풀겠다. 행여나 딴 마음 먹지 말거라. 만약 엉뚱한 짓을 한다면 네년은 물론이고 저놈까지 살지도, 죽지도 못하게 만든 후… 흐흐흐! 나머지는 네년의 상상에 맡기도록 하지. 대신 본 존자의 말을 잘 따른다면 네년은 물론이고 놈의 목숨까지 살려주도록 하겠다. 알아들었느냐?"

아혈이 풀렸지만 당가려는 아무런 말도 하지 못했다.

그녀는 모든 것을 포기한 눈으로 혼절해 있는 장초를 물끄러미 바라보았다.

손가락 하나 까딱할 힘은 없지만 혀를 깨물 힘은 남아 있었다.

하지만 환희존자의 무시무시한 경고와 더불어 장초의 목숨을 살려주겠다는 달콤한 유혹은 그녀의 마지막 의지

마저 꺾어버리고 말았다.

당가려의 모습을 오만한 자세로 지켜보던, 그녀가 자신의 제안을 받아들였음을 확인한 환희존자의 입가에 진하디진한 미소가 지어졌다.

몇 마디 거짓으로 절세의 미인을 제대로 품게 되었다는 생각에 아랫도리가 불끈했다.

당가려의 몸을 향해 손을 뻗던 환희존자의 눈빛이 그녀의 상처 부위로 향했다.

꽤나 심했다.

다행히 목숨은 부지하고 있는 것 같기는 해도 제대로 움직이지 못하는 것이 목석과 다를 바 없어 보였다.

"이럴 줄 알았으면 적당히 다루는 것인데 아쉽구나. 뭐, 상관은 없겠지. 다 방법이 있는 것이니까."

음침한 미소를 지은 환희존자가 벗어놓은 옷을 뒤적거려 작은 옥병을 하나 꺼내 들고는 당가려의 얼굴 앞에서 살랑살랑 흔들어댔다.

옥병이 무엇을 의미하는지 눈치챈 당가려의 눈꺼풀이 파르르 떨렸다.

"극락액이라는 묘약이다. 이 약이라면 몸의 부상은 걱정하지 않아도 될 게다. 천상의 환락을 경험하게 되면 부상의 고통 따위야 문제도 아닌 것이지. 흐흐흐!"

괴소를 흘린 환희존자가 당가려의 입을 움켜잡았다.

당가려가 필사적으로 고개를 흔들었으나 환희존자의 억샌 힘을 당해낼 수는 없었다.

당가려의 반항을 단숨에 잠재운 환희존자가 옥병에 든 극락액을 그녀의 입에 쏟아 넣으려는 순간, 귓가에 신경을 거스르는 묘한 파공성이 들려왔다.

'뭐지?'

인상을 찌푸린 환희존자가 파공성이 들리는 동쪽 방향으로 고개를 돌렸다.

나직한 파공성은 이내 폭풍이 되어 다가왔고 폭풍의 중심에 한 사내가 있었다.

폭풍을 몰고 온 사내는 환희존자와 당가려 옆을 스치듯 지나갔다.

찰나지간, 폭풍을 일으킨 사내의 눈동자와 환희존자의 눈동자가 정확히 마주쳤다.

환희존자가 경악에 찬 얼굴로 짧게 휘파람을 불었다.

활활 타오르던 음심은 순식간에 사라졌다.

흩어져 있던 젊은 마승들이 휘파람 소리를 듣고 서둘러 달려왔다.

그중 한 명의 뒤쪽에서 사라졌다고 여긴 사내가 엄청난 속도로 접근하는 것을 확인한 환희존자가 기겁하며 외쳤다.

"조심해라! 뒤다!"

갑작스러운 외침에 어리둥절하던 젊은 마승은 뒷덜미에서 느껴지는 서늘한 기운에 자신도 모르게 고개를 돌렸다.

뭔가 모를 충격을 느낌과 동시에 몸이 붕 떴다.

젊은 마승 한 명을 간단히 제압한 사내, 폭풍과 같은 기세로 움직이는 전풍은 어느새 환희존자의 곁을 지나고 있었다.

아직 의복도 제대로 갖춰 입지 못한 환희존자가 움찔하며 자세를 가다듬을 때 전풍은 그가 아닌 쓰러져 있던 당가려를 낚아채듯 품에 안더니 순식간에 사라졌다.

환희존자와 그의 곁으로 달려온 두 명의 젊은 마승은 그런 전풍의 뒷모습을 멍하니 바라보았다.

"저, 저놈은 누굽니까, 존자님?"

환희존자가 대답을 하기도 전에 당가려를 안고 사라졌던 전풍의 음성이 다시 들려왔다.

"누구겠냐? 땡중들 때려잡는 저승사자지."

말이 끝나는 것과 동시에 질문을 한 마승의 몸이 허공으로 붕 떠올랐다.

어디를 어떻게 공격당했는지 알 수는 없었지만 이미 정신을 잃은 듯했다.

허공에 떠오른 마승이 땅바닥에 털썩 떨어지기 직전, 어느새 되돌아온 전풍이 하얗게 질린 얼굴로 무기를 꼬나들고 있는 마승을 향해 접근했다.

여전히 알몸의 상태인 환희존자가 마지막 남은 수하를 구하기 위해 다급히 손을 뻗고 젊은 마승 또한 스스로의 목숨을 지키고자 필사적으로 무기를 휘둘렀지만 엄청난 속도로 움직이는 전풍을 따라잡을 수는 없었다.

"크헉!"

마지막 남은 젊은 마승의 입에서 외마디 비명이 터져 나오고 옥수수 털리듯 털린 이빨이 사방으로 흩어졌다.

광대뼈가 완전히 함몰된 것이 목숨을 건진다고 해도 정상적인 생활을 하기엔 불가능해 보였다.

"금방 올 테니까 옷 좀 입으라고. 축 늘어진 그 비루한 물건도 좀 감추고. 지렁이만도 못한 것이 원 징그러워서."

전풍은 조롱이 가득 담긴 음성을 남기고 사라졌다.

이를 부득 갈며 서둘러 옷을 입던 환희존자는 혼절해 있던 장촉 또한 사라졌음을 확인했다.

'대체 어떤 놈이란 말이냐?'

전풍이 사라진 방향을 노려보는 환희존자의 얼굴은 참담히 일그러졌다.

마불사 백팔존자의 일인으로 환희존자는 다른 존자들에

비해 무공 실력이 다소 부족하다는 소리를 들으면서도 그건 백팔존자의 무공이 워낙 뛰어나서 그런 것인지 스스로가 약하기 때문이라는 생각을 단 한 번도 해본 적이 없는 위인이었다.

사천무림과의 싸움에서 자신의 생각이 틀리지 않다는 것을 여러 차례에 걸쳐 확인한 터. 자신감이 하늘 끝까지 닿아 있던 그로선 이제 겨우 애송이에 불과한 전풍에게 속수무책으로 당하고 만 지금의 상황은 도저히 받아들일 수가 없는 것이었다.

하지만 아무리 부정해도 현실은 외면할 수 없는 것이고 세 명의 젊은 마승들이 아무런 대항도 해보지 못하고 쓰러진 것으로 상대의 실력은 확실히 증명이 되었다.

무엇보다 전풍의 경공 실력은 지금껏 본 적이 없을 정도로 빠른 것이었다.

'무영존자도 저 정도는 아니다.'

나이는 자신보다 어리나 백팔존자에서도 손가락 안에 꼽히는 한 재수 없는 인간의 면상을 떠올린 환희존자의 얼굴이 와락 일그러졌다.

타의 추종을 불허할 정도로 빠르다는 것은 물론이고 가만히 생각해 보니 생긴 것도 비슷했다.

짜증이 미칠 듯이 밀려왔다.

"흥! 무공 실력까지 비슷할지는 어디 두고 보면 알겠지."

환희존자의 살기 어린 음성과 동시에 사라졌던 전풍이 다시 모습을 드러냈다.

"생긴 건 더럽게 생겼어도 말은 잘 듣는고만."

빈정거리는 말을 내뱉으며 빠르게 접근하는 전풍을 향해 환희존자가 손을 뻗었다.

섬전처럼 빠른 출수에 힘도 제대로 실렸다.

자신의 성명절기를 제대로 펼친 환희존자의 입가에 비릿한 미소가 지어졌다.

전풍의 움직임이 아무리 빠르다고 해도 사방 오 장여를 완전히 뒤덮을 수 있는 천수염환장(千手炎煥掌)이라면 그 움직임을 능히 제압하는 것은 물론이고 치명타를 안길 수 있다고 여긴 것이다.

천수염환장이 전풍의 몸에 작렬할 때만 해도 환희존자의 장담은 사실이 되는 것 같았다.

그러나 지금의 전풍은 백보운제라는 최고의 경공술을 지니고 있음에도 모든 면에서 부족했던 과거의 그가 아니었다.

몽월단주와의 싸움에서 죽음의 위기에 몰렸던 전풍은 여우희의 도움으로 천고의 영약이라는 대환단을 복용했고

이후 나름의 노력 끝에 대환단이 지닌 효능을 제대로 흡수
했다.

내공이 비약적으로 발전한 것은 물론이거니와 무공 실
력 또한 이전에 비할 바가 아니었다.

천지사방을 뒤덮고 압박해 오는 천수염환장을 간단히
상쇄시키는 연화장의 위력만 보더라도 그랬다.

전풍이 몽월단주와의 싸움에서 최후로 펼친 연화장에서
만들어진 연화는 다섯 개였다.

그나마도 죽음의 위기에서 나름의 깨달음을 얻어 발전
한 것이 그 정도였다.

한데 지금은 달랐다.

허공을 화려하게 수놓는 일곱 개의 연화.

천수염환장을 완벽하게 무력화시키는 것은 궁극에 이른
연화장이었다.

연이어 피어난 연화에 천수염환장은 급격하게 세가 위
축되었고 결국엔 흔적도 없이 사라졌다.

퍽! 퍽! 퍽!

둔탁한 충돌음과 함께 연신 뒤로 물러나던 환희존자가
충격을 이기지 못하고 쓰러졌다.

검붉은 피를 연신 토해내는 환희존자의 몸 위로 연화의
흔적은 뚜렷이 드리워졌다.

"이, 이런 말도 안 되는… 개 같은 일…….."

억지로 몸을 일으키며 발버둥 치던 환희존자의 고개가 확 꺾였다.

전풍이 환희존자의 얼굴을 그대로 걷어차 버린 것이다.

환희존자가 당가려에게 어떤 짓을 하려는지 눈치를 챘고 마불사의 악명이 사천 전역을 뒤흔들고 있었기에 처음부터 살려줄 가치가 없다고 판단한 전풍의 발길엔 일말의 자비심도 남아 있지 않았다.

결국 환희존자는 마지막 말도 제대로 남기지 못하고 숨이 끊어져 버렸다.

"놈… 은 어찌 되었나요?"

당가려가 터덜터덜 걸어오는 전풍을 보며 불안한 표정으로 물었다.

전풍이 멀쩡한 몸으로 왔다는 것이 무엇을 의미하는지 뻔한 것이었음에도 그것을 제대로 인식하지 못할 정도로 방금 전에 그녀가 당한 충격은 컸다.

다른 사람이라면 그런 당가려의 심정을 어느 정도 배려할 눈치가 있었겠지만 하필이면 상대가 전풍이었다.

"바보요? 내가 멀쩡하면 그 중놈이 어찌 되었을지는 뻔한 거지."

"……."

멍하니 바라보는 당가려의 눈을 보며 뭔가 모를 찝찝함을 느낀 전풍이 얼른 말을 돌렸다.

"그나저나 당가 맞지 않소? 만월대라던가."

당가려의 눈동자에 놀람이 가득했다.

"그걸 어떻게……."

"제대로 찾았네. 하면 저치도 당연히 만월대겠고."

전풍이 아직도 정신을 차리지 못하고 쓰러져 있는 장촉을 가리켰다.

"마, 맞아요."

당가려가 얼떨결에 고개를 끄덕였다.

그사이 전풍은 당가려의 몸을 전체적으로 훑더니 장촉의 몸을 살폈다.

"그쪽도 그렇고 이 친구도 상태가 영 별로요. 부상이 심각해서 함부로 옮기기도 그렇고."

순간, 당가려의 눈동자가 마구 흔들렸다.

전풍이 자신들을 버리려 한다고 착각한 것이다.

그걸 눈치챈 전풍이 어이없다는 듯 혀를 찼다.

"츱, 사람을 뭘로 보고. 긱정하지 마쇼. 버리거나 하지는 않을 테니까. 그러려면 애당초 여기까지 오지도 않았소."

눈을 부라리며 당가려를 나무란 전풍이 품속에서 작은

통 하나를 꺼내 들었다.

휘파람 소리를 내며 하늘로 치솟은 신호탄이 오색 불빛을 토해내며 화려하게 폭발했다.

"조금만 기다려 보시오. 부상을 봐줄 사람들이 올 테니까. 아, 소저의 동료들도 몇 명 올 거요."

"도, 동료요?"

당가려가 눈을 동그랗게 뜨고 물었다.

"오는 길에 몇 명 구했소. 쫓기는 동료들이 더 있다는 말에 근방을 이 잡듯이 뒤졌고. 그 바람에 소저도 구한 거요."

비로소 돌아가는 상황을 이해한 당가려가 처음으로 환한 미소를 보이며 물었다.

"저, 정말 다행이군요. 다들 괜찮나요?"

"뭐, 소저처럼 형편없이 망가진 사람도 있고 멀쩡한 사람도 있고."

형편없이 망가졌다는 말에 당가려의 고운 아미가 살짝 찌푸려졌다.

평소라면 함부로 내뱉는 전풍의 말에 뭐라 대꾸라도 하겠지만 지금의 그녀로선 아무런 말도 할 수가 없었다.

그저 생명의 은인이란 고마운 감정을 조금 희석시키는 것이 전부였다.

"그런데 어디선가 많이 본 사람 같소만."

전풍이 뜬금없는 말을 던졌다.

"글쎄요."

전풍과 그다지 말을 섞고 싶지 않았던 당가려가 슬쩍 시선을 회피했다.

"흠, 분명 낯이 익은데 어디서 봤더라."

팔짱을 낀채로 고개를 까딱이던 전풍이 당가려의 요모조모를 뜯어보기 시작했다.

전풍이 코앞까지 얼굴을 들이밀자 당가려의 낯빛이 살짝 붉어졌다.

몸을 움직일 힘도 없어 그저 시선을 아래로 깔고 살짝 고개를 돌리는 것이 전부였지만 전풍의 시선이 자꾸만 의식되었다.

"아닌가? 이상하네."

전풍이 내뱉은 숨결이 목덜미를 간질이자 당가려의 얼굴빛은 더욱 붉어졌다.

그런 당가려의 반응과는 상관없이 연신 고개를 갸웃거리던 전풍이 뭔가가 생각났는지 자신의 무릎을 탁 쳤다.

"맞다, 천추지연!"

전풍의 입에서 느닷없이 천추지연이란 말이 나오자 당가려가 놀란 눈을 치켜떴다.

"그, 그걸 어떻게?"

"천추지연의 비무대회에서 봤소. 거기서 이군학인가 뭔가 하는 놈하고 붙었던 당가의 소저가 당신 아니오? 제대로 힘도 써보지 못하고 박살이 나긴 했지만."

상대를 배려하지 않는 말솜씨 하나는 참으로 대단하단 생각을 하며 당가려는 쓰게 웃고 말았다.

'그러고 보니 확실히……'

전풍이 말 때문인지 당가려도 전풍의 모습이 완전히 낯설지는 않았다.

인사를 나누거나 말을 섞었을 리는 없었다.

그렇다면 기억하지 못할 리가 없었을 것이고 무엇보다 자신과 안면이 있는 사람들을 기억해 보건대 이렇게 무례한 사람은 찾아볼 수가 없었기 때문이었다.

생각은 길게 이어지지 않았다.

나직한 소음과 함께 일단의 무리들이 좌측 숲에서 모습을 드러낸 것이다.

"부대주!"

얼굴 반쪽을 붕대로 감은 사내가 격동에 찬 음성으로 당가려를 불렀다.

"누님!"

사내의 뒤, 또 한 청년이 감격 어린 표정을 지으며 번개처럼 달려왔다.

"멈춰! 함부로 건드리지 말라고. 잘못하면 골로 가니까."

그들은 신경질적으로 팔을 휘두르는 전풍에 의해 걸음을 멈출 수밖에 없었다.

그들의 뒤에서 여우희가 눈을 흘기며 나타났다.

"말투하고는. 이렇게 예쁜 아가씨에게 무슨 말이 그래?"

"뭐가요?"

전풍이 심드렁한 표정으로 되물었다.

"비키기나 해."

여우희가 전풍을 홱 밀치곤 당가려의 곁으로 다가왔다.

"무식한 땡중들 같으니! 사람을 이 지경으로 만들다니."

여우희는 당가려의 상처를 살피며 연신 안타까운 탄식을 내뱉었다.

당가려의 부상을 살피는 여우희의 손길이 빨라졌다.

아무리 부상을 당했다고 하더라도 남자가 여인의 몸을 함부로 만질 수도 없는 노릇이기에 당가려의 부상을 살필 수 있는 사람은 애당초 그녀뿐이었다.

뛰어난 의술을 지닌 것은 아니었지만 그래도 지혈을 하고 상처 부위를 소독하고, 덧나지 않도록 금창약을 바르는 정도는 문제도 아니었다.

"어때요?"

어느새 장촉의 부상을 살피고 곁으로 다가온 진유검이 물었다.

"좋지 않네요. 의식을 잃지 않고 있는 것이 놀랄 정도로 크게 상했고요. 몸에 상처도 많고 팔다리도 하나씩 부러졌습니다. 내상도 심해요."

여우희의 말에 전풍이 기가 막히다는 듯 소리쳤다.

"완전히 미친놈이네. 내 보잘것없는 물건 덜렁이고 있을 때부터 알아는 봤지만 세상에나 상대가 저런 상태인데도 그런 짓을 하려고 했다니! 주군."

전풍이 진유검에게 고개를 돌렸다.

"이름부터 영 요상하더니 마불사 놈들 미쳐도 보통 미친 놈들이 아닌 모양입니다. 아무리 욕정이 치솟는다고……."

"넌 좀 닥쳐라!"

진유검이 어떻게 손을 썼는지 전풍은 나무토막이 되어 땅바닥에 처박혔다.

임소한과 곽종 등은 전풍과 함께 동료로 묶이는 것이 부끄러운지 슬며시 자리를 피했다.

"미안합니다, 당 소저. 원래부터 좀 모자라는 놈이니 이해를 해주십시오. 제가 대신 사과를 드리지요."

진유검이 당가려를 향해 정중히 고개를 숙였다.

"아, 아니에요."

창피함을 이기지 못하고 빨갛게 달아오른 당가려의 얼굴이 더욱 붉어졌다.

여인이 아닌 한 사람의 무인으로서 평소 흠모해 마지않던 수호령주와 민망한 상황으로 엮이다 보니 쥐구멍에라도 숨고 싶은 심정이었다.

그때였다.

곽종이 어딘가를 향해 손짓했다.

"어이! 이쪽이야."

당가타 주변에서 활약하고 있는 천목의 요원들과 접선을 하기 위해 잠시 따로 움직였던 어조인이 곽종의 외침에 허겁지겁 달려왔다.

일행과 합류한 어조인이 가장 먼저 찾은 사람은 진유검이었다.

"수호령주님."

"숨이라도 고르고. 다급한 모양새를 보니 급한 소식이라도 있는 모양이군."

진유검이 가볍게 손짓하며 말했다.

"그렇습니다. 사공… 어? 어째서 땅바닥에……."

어조인이 땅바닥에 나무토막처럼 굳어 있는 전풍을 보

며 의아한 표정을 지었다.

"저놈은 신경 쓸 것 없고. 무슨 일인데 그래? 사공세가가 왜? 지원군이 벌써 도착한 모양이지?"

진유검은 그다지 대수롭지 않게 물었으나 어조인의 표정에서 뭔가 심상치 않은 일이 벌어지고 있음을 느낀 임소한이 재촉하듯 다시 물었다.

"지원군에 무슨 일이라도 생긴 건가?"

"그, 그렇습니다."

"무슨 일이?"

사안의 중대성 때문인지 자신도 모르게 침을 꿀꺽 삼키며 머뭇거린 어조인이 살짝 떨리는 음성으로 대답했다.

"저, 전멸당했다고 합니다."

"무슨… 소리야?"

"전멸… 당했습니다."

"전멸이라니!"

임소한이 자신도 모르게 어조인의 멱살을 틀어잡았다.

갑자기 숨이 막힌 어조인이 켁켁대며 괴로워하자 곽종이 임소한을 말리며 물었다.

"대체 뭔 헛소리야? 당가를 향해 멀쩡히 잘 가고 있다던 사공세가의 지원군이 어째서 전멸을 당해? 정보가 잘못된 거 아니야?"

"아닙니다. 저도 너무도 이상해서 몇 번이나 확인을 했고 저와 접선한 요원도 믿을 수가 없어서 여러 경로를 통해 수차례나 확인을 했다고 합니다. 안타깝지만 정보는 확실한 것 같습니다."

어조인의 말에 임소한과 곽종은 경악에 찬 표정으로 진유검을 바라보았다.

그들과는 달리 나름 평정심을 유지하고 있던 진유검이 어조인에게 물었다.

"사공세가 지원군의 전력이 만만치 않다고 들었다. 그들을 전멸시킬 정도라면 적도 그만한 피해를 당했을 터. 적의 피해는 어느 정도지?"

"그게 좀 이상합니다."

어조인이 미간을 확 찌푸리며 말했다.

"이상하다니?"

재차 묻는 진유검의 눈빛이 반짝거렸다.

"정확한 것이 아니라고 토를 달기는 했는데 제가 만난 요원은 적의 피해가 거의 전무하다시피 한 걸로 얘기를 했습니다. 확인을 더 해봐야 할 것 같습니다."

"마불사의 힘이 그 정도던가?"

"마불사는 아닌 것 같다고 했습니다. 그래서 더 종잡을 수가 없습니다."

어조인의 곤혹스러운 표정과는 달리 진유검은 이미 뭔가를 짐작한 듯싶었다.

"역시 그랬군. 그렇다면 굳이 확인할 필요까지는 없을 것 같다."

"예?"

어조인이 깜짝 놀라 되물었다.

"사공세가의 지원군이 전멸을 당했다면 당했을 것이고 적의 피해가 전무하다면 전무하겠지."

"그게 무슨 뜻입니까?"

진유검의 말뜻을 이해하지 못한 곽종이 답답하다는 듯 물었다.

"이곳 싸움에 알려지지 않은 누군가가 개입을 했다는 거다. 우리가 이곳에 온 것처럼."

여전히 고개를 갸웃거리는 곽종과는 달리 눈치가 빠른 임소한과 여우희는 진유검의 말을 곧바로 이해한 듯했다.

"어쩌면 사공세가가 아니라 우리를 노리고 온 것일 수도 있겠네요."

임소한의 말에 여우희가 고개를 저었다.

"우리라기보다는 령주님이겠지요. 그 과정에서 사공세가가 재수 없게 걸린 것이고요."

"뭐, 단순히 마불사를 지원하기 위해 움직인 것일 수도 있겠고."

"예, 무림제패를 위한 본격적인 행보의 시작이라고 볼 수도 있겠네요."

"그건 아니야. 무림제패는 세외사패가 움직이면서 이미 시작된 것이니까."

"아, 그건 또 그렇네요."

임소한과 여우희가 주거니 받거니 하는 말의 요지를 파악할 수 없었던 곽종이 버럭 화를 냈다.

"뭔 소리 하는 겁니까? 뜬구름 잡는 소리 하지 말고 좀 알아듣게 설명을 해봐요."

"답답하긴. 산외산이 움직였단 말이다."

임소한의 말에 곽종의 눈이 화등잔만 해졌다.

"산외산이요?"

"그래, 놈들이 아니라면 천하에서 사공세가의 지원군을 그렇게 농락할 수 있는 세력이 누가 있을까? 물론 루외루 놈들이라면 가능은 하겠지만 그럴 이유는 없을 것이고."

"아! 이제 알겠습니다. 그래서 령주님을 노린다는 말을 한 거군요. 그 단우 늙은이의 복수를 내세울 수도 있다고 여긴 거고요."

"지금 생각해 보면 그건 너무 나간 것 같다. 내가 산외산의 주인이라면 제자를 죽이고 핏줄마저 죽이려는 미친 늙은이의 복수 따위는 생각도 하지 않을 테니까. 아무래도 마불사를 지원하기 위함이 맞겠군."

"제 생각도 그래요."

임소한의 말에 여우희가 동의한다는 듯 고개를 끄덕였다.

"어쨌든 확실한 것은 놈들이 개입한 이상 당가는, 아니, 사천무림은 이전과는 비교도 되지 않을 정도로 큰 위험에 빠졌다는 겁니다."

말과는 달리 진유검의 표정은 담담했다.

"어찌해야 합니까?"

임소한이 물었다.

"최대한 빨리 당가로 가야 할 것 같군요. 사공세가의 지원군을 단숨에 무력화시킬 정도라면 산외산에서도 꽤나 많은 고수를 움직인 것 같습니다."

고수라는 말에 임소한과 곽종 등은 한동안 함께 지냈던 안궁과 하도해 등을 떠올리며 한숨을 내쉬었다.

자신들과 비교해 손색이 없거나 어느 정도는 더 뛰어난 고수늘. 그런 실력자들의 숫자가 꽤 된다는 생각을 하자 가슴 한켠을 돌덩이가 누르고 있는 것 같았다.

진유검이 사공세가의 지원군이 전멸당했다는 말을 들었을 때부터 파랗게 질려 있는 당가려를 향해 웃음을 보였다.

"그렇다고 너무 걱정하지는 말아요. 제가 알기로 당가는 그리 만만한 곳이 아니라고 들었으니까요."

"보, 본가를 구해주세요. 부탁드립니다."

덜덜 떨리는 음성으로 고개를 숙이는 그녀의 표정은 마불사와 산외산의 마수에서 오직 진유검만이 당가를 구할 수 있다고 여기는 듯 절박하기까지 했다.

"걱정하지 마세요. 그걸 위해서 여기까지 온 것이니까. 그나저나 당 소저가 우리와 함께 가는 것은 아무래도 무리 같군요. 저분도 그렇고."

진유검의 시선이 아직도 깨어나지 못한 장촉에게 향했다.

"우리는 어찌 되든 상관없어요. 본가를 지켜주세요."

"걱정 말고 치료에나 신경을 쓰세요. 일단 다들 부상이 심하니 우선 안전한 장소로 피해 부상을 치료토록 하는 것이 좋겠습니다. 대신 한시라도 빨리 당가로 가기 위해선 이곳의 지리를 잘 아는 누군가의 도움이 필요할 것 같기는 합니다."

진유검의 시선이 앳된 청년에게 향했다.

"제가 모시겠습니다."

진유검 일행에게 빨리 발견된 덕분에 만월대의 생존자

중 거의 유일하게 큰 부상 없이 탈출에 성공한 당파가 벌떡 일어났다.

그의 대답을 기다리고 있던 진유검이 빙긋이 웃었다.

"그럼 부탁하지요."

＊　　　＊　　　＊

"당가 쪽은 분위기는 어떻다고 합니까, 사형? 지금쯤이면 사공세가 놈들의 소식이 전해졌을 터인데요."

천포가 들뜬 표정으로 막 도착한 서찰을 읽어 내려가는 종무외에게 물었다.

별다른 대답 없이 마저 서찰을 읽은 종무외가 천포에게 서찰을 건넸다.

"분위기야 뻔한 것이겠지. 한데 수호령주에 대한 소식이 있었으면 했는데 별다른 언급이 없는 것이 마음에 걸린다."

빠르게 서찰을 읽어 내려간 천포가 입맛을 다시며 말했다.

"다행인지 불행인지 모르겠습니다."

"뭐가?"

"수호령주요. 솔직히 어떤 인물인지 만나보고 싶기는 합니다만 또 한편으론 절대로 만나기 싫은 자이기도 합니다. 그 강했던 사부도…….."

"사부 얘기는 그만."

종무외가 차갑게 끊었다.

"죄, 죄송합니다."

천포가 얼른 고개를 숙였다.

"자신이 살겠다고 제자를 죽이고 핏줄을 희생시키려 한 자다. 다시는 입에 담지 마라."

"예, 사형. 명심하겠습니다."

다시금 공손히 머리를 숙인 천포가 종무외의 눈치를 보며 입을 열었다.

"정확한 정보는 아니라고 해도 그가 사천으로 향하고 있다는 보고가 있었습니다. 아직까지 명확하게 드러난 것은 아니나 만약 그와 만나게 되면 어찌 되는 것입니까?"

잠시 머뭇거리던 종무외가 천천히 입을 열었다.

"이사형 말씀대로 회피해야겠지. 언젠가는 넘어야 할 산임엔 틀림없지만 지금 만나서 굳이 우리의 피를 흘릴 이유는 없다."

"그래도 마불사를 돕고자 한 이상 그와 부딪칠 수밖에 없습니다."

"어쩔 수 없는 상황이 닥치면 모를까 일단은 피한다고

생각해. 이사형께서 대책을 세운다고 하셨으니 기다려 봐야지. 여차하면 마불사 놈들을 이용하면 될 것이고."

"마불사로 감당이 되겠습니까?"

천포가 어이없는 표정을 지으며 되물었다.

"마불사의 저력을 우습게 보지 마라. 마불사 노괴들의 실력은 우리에 못지않아. 이번에 법왕의 자리를 물려받은 사형은 두말할 것도 없고. 그들 모두가 전력을 다한다면 제아무리 수호령주라 하더라도 능히 감당할 수 있을 것이다."

"대신 그들 역시 회생하기 힘든 타격을 입겠지요. 결국 마불사는 사천무림을 감당하지 못할 겁니다."

"그래서 우리가 온 거잖아."

"예?"

"설사 마불사가 사천무림을 접수하지 못한다고 하더라도 우리가 전력을 다한다면 사천무림은 초토화시킬 수 있다. 사공세가의 지원군을 끊은 것은 바로 그 시작이라 할 수 있는 것이지."

비로소 자신들이 맡은 임무를 보다 명확하게 파악한 천포가 웃음을 흘렸다.

"하면 굳이 마불사와 합류할 필요도 없는 것이군요."

"맞다. 우리는 마불사와 합류하지 않는다. 사공세가의

지원군을 몰살시킨 것처럼 외곽에서 간접적으로 도울 것이다. 더불어 우리의 다음 목표는 바로 이놈들이다."

종무외가 전서구를 통해 받은 두 번째 서찰을 허공에 뿌렸다.

살포시 날아가 천포의 손에 안착한 서찰엔 사천무림에서 백의종군하고 있는, 일전에 위기에 빠진 아미파와 청성 연합군을 구해내면서 명성을 드높인 신도세가 청룡대의 움직임이 자세히 적혀 있었다.

71장

또 다른 위기(危機)

"이럴 수가! 이들이 정말 루외루의 수족이란 말입니까?"

자운산이 경악스러운 얼굴로 물었다.

"그렇습니다."

남궁학의 대답에 회의장은 그야말로 난리가 났다.

"천검문에 대도장, 세상에 용봉문까지!"

"어찌 이들이 루외루의 수족으로 변했단 말인가!"

"이런 식이라면 얼마나 많은 분파들이 놈들의 수족이 되어 있을지 알 수가 없는 노릇입니다."

회의장에 모인 강남무림 연합군의 수장들은 충격을 감

추지 못하고 온몸을 부르르 떨었다.

"하면 놈들은 지금 어찌하고 있습니까?"

대호문주 철연심이 당장에라도 뛰쳐나갈 듯한 기세로 물었다.

"놈들은 모조리 사로잡아 구금했습니다."

"그나마 다행이군. 순순히 잡혀주던가?"

염고한이 물었다.

"그럴 리가 있겠습니까? 저항이 꽤나 심했습니다만 번 문주께서 도움을 주셔서 생각보다 쉽게 놈들을 사로잡을 수 있었습니다."

남궁학의 대답에 좌중에 모인 시선이 일제히 번강에게 향했다.

지난 야수궁과의 싸움 이후, 남궁세가를 제치고 강남무림 연합군의 구심점으로 떠오른 번강이었기에 그를 바라보는 대부분의 시선엔 호의가 가득했다.

"번 문주께서 애를 써주셨구려. 고생했네."

번강이 너털웃음을 지었다.

"고생이라니요. 당연히 해야 할 일이었습니다. 아무튼 나름 명망 있는 문파였던 그들이 루외루의 주구로 전락했다는 것은 실로 충격적인 일이었습니다."

"그들만이 아닐 것입니다. 제대로 심문을 해서 다른 주구를 찾아내야 한다고 봅니다."

자운산의 말에 남궁학이 고개를 끄덕였다.

"이미 심문을 시작했습니다. 아직까지 별다른 소득은 없으나 이제 곧 많은 것들을 알게 될 것입니다. 하지만 지금은 당장은 놈들 따위에게 신경 쓸 때가 아닙니다."

"제정신인가! 이만큼 심각한 일이 없거늘."

중검문주 염고한이 노기 띤 얼굴로 소리쳤다.

순간, 남궁학의 미간이 꿈틀거렸다.

중검문의 세력이 제법 크고 지난 싸움에서 중요한 역할을 한 것은 사실이라 해도 남궁세가를 이끌고 있는 남궁학에게 함부로 호통을 칠 정도는 아니었다.

야수궁과의 싸움 이전엔 감히 있을 수도 없는 일이었다.

염고한이 자신의 실수를 깨달았을 때 좌중의 분위기는 이미 차갑게 가라앉아 있었다.

분위기가 좋지 않다고 여긴 자운산이 얼른 끼어들었다.

"루외루의 주구들을 적발한 것은 무척이나 중요한 일입니다. 혹여 이보다 더 급한 문제라도 있는 것입니까?"

염고한의 태도에 뱀이 뒤틀렸지만 지금과 같은 상황에서 굳이 각을 세울 필요는 없다고 생각한 남궁학이 굳은 표정을 풀고 입을 열었다.

"루외루가 다시 움직이고 있습니다. 이미 상당한 병력이

집결한 것으로 확인되었습니다."

루외루라는 말에 곳곳에서 무거운 탄식이 흘러나왔다.

무림제패를 노리는 루외루가 그대로 물러날 것이라 생각한 사람은 아무도 없었다.

그럼에도 막상 그들이 움직이고 있다는 사실이 확인되자 다들 긴장하는 모습이 역력했다.

지난번 싸움을 통해 그들이 얼마나 강한지 뼈저리게 느낀 탓이었다.

"루외루의 움직임을 간파했다니 그나마 다행스러운 일이군요. 하지만 조금 의문이 듭니다."

자운산은 혹여 남궁학이 불쾌하게 여기지는 않을지 조심스러운 태도로 말했다.

"어떤 점에서 그렇습니까?"

남궁학 또한 정중한 태도로 되물었다.

"수호령주의 활약이 아니었다면 그 존재조차 제대로 알지 못했을 정도로 신비에 감춰져 있던 루외루입니다. 한데 그런 루외루의 움직임이 너무 쉽게 간파되었다는 느낌을 지울 수가 없습니다. 아, 물론 남궁세가의 정보력을 무시하는 것은 아니니 오해는 하지 마십시오."

"천만에요. 그런 뜻이 아님은 잘 압니다. 의문 또한 자연스러운 것이지요. 참고로 말씀드리자면 이번에 루외루의 움직임을 파악하는 데 결정적인 역할을 한 곳은 본가가 아니라 바로 무황성이었습니다."

남궁학이 무황성 형양지부장 조청무을 바라보았다.

"거기에 대해선 제가 아니라 지부장님께서 설명하시는 것이 나을 듯싶습니다."

"그러지요."

조청무는 사양하지 않고 남궁학의 말을 이어받았다.

"루외루의 자금줄이 대륙상회임은 여기 계시는 분들도 잘 알고 계실 겁니다."

중원제일의 거상이 루외루의 자금줄임이 밝혀졌을 때 무림에 휘몰아친 충격은 상상 이상이었다.

그때의 충격을 다시금 떠올리는 것인지 고개를 끄덕이는 이들의 표정은 과히 좋지 않았다.

"이후, 중원의 모든 문파와 세가, 무관들, 그리고 그들과 연이 닿아 있는 모든 곳에서 대륙상회와의 거래를 끊었습니다. 그 결과 대륙상회에서 운용하는 각종 상점과 표국, 객점, 주루는 심대한 타격을 입었고 문을 닫는 곳이 속출했지요. 그럼에도 불구하고 대륙상회는 여전히 막강한 자금력을 지닌 거대 상단으로 살아남았으며 계속해서 루외루의 자금줄 역할을 하고 있습니다."

"어째서 그들을 그냥 두고 보는지 이해가 되지 않습니

다. 답답하다 못해 복장이 터질 지경입니다."

철연심이 탁자를 후려쳤다.

"놈들이 루외루의 자금줄이라는 것이 확인되었을 때 그냥 쓸어버렸어야 합니다."

"지금이라도 늦지 않았습니다. 무황성에 건의를 해서 놈들을 응징토록 합시다."

곳곳에서 성난 음성이 들려왔다.

"저 또한 같은 심정입니다만 그럴 수 없다는 것은 여러분이 더 잘 알고 계시지 않습니까?"

조청무의 반문에 번강이 한숨을 내쉬었다.

"관부와의 관계도 있고 대륙상회가 한순간에 몰락했을 경우 그 파급 효과를 상상할 수 없기에 두고 볼 수밖에 없다는 것은 잘 알고 있습니다. 그래도 안타까운 것은 어쩔 수가 없군요. 그 많은 돈이 루외루로 흘러간다고 생각하니 답답하기 짝이 없습니다."

번강의 탄식이 뭇 사람들의 가슴을 짓눌렀다.

"그래도 무황성에선 완전히 손을 놓고 있지는 않았습니다. 지금껏 은밀히 대륙상회의 자금이 어디로 움직이고 있는지 추적해 왔으니까요."

"루외루의 본거지를 찾아낸 것입니까?"

자운산이 반색을 하며 물었다.

조청무가 고개를 저었다.

실패를 인정하면서도 어딘지 모르게 표정은 밝았다.

"아직 실체에 접근하지는 못했습니다만 효과가 아예 없던 것은 아니었습니다. 대륙상회의 자금은 루외루뿐만 아니라 그들과 연관된 세력들에게도 흘러가더군요."

"천검문과 대도장, 용봉문에서 대륙상회의 돈을 받은 것이오?"

염고한이 노한 음성으로 물었다.

"그렇지는 않습니다."

"한데 어떻게……."

"사실 그자들의 정체를 파악하게 된 것은 어느 정도 운이 따랐다고 봐야 합니다. 돈을 받은 몇몇 문파를 지켜보다가 그들이 천검문과 대도장, 용봉문과도 연결되어 있음을 파악한 것이니까요. 더불어 루외루의 움직임까지지도."

"움직임이라면 우리를 공격하기 위한 것입니까?"

자운산이 급히 물었다.

대답은 조청무가 아니라 남궁학이 대신했다.

"그렇습니다. 저들은 다시금 우리를 노리고 있습니다. 이미 계획이 진행되고 있는 것으로 확인이 되었습니다. 지도를 봐주시지요."

남궁학이 벽에 걸린 커다란 지도 곁으로 움직였다.

"현재 우리가 진을 치고 있는 곳이 바로 이곳이고 루외루의 병력이 어디에 숨어 있는지는 확인하지 못했지만 그들의 사주를 받고 은밀히 움직이는 자들은 이곳 황부산을 중심으로 흩어져 있는 것으로 파악되었습니다. 루외루 역시 그들과 함께 있으리라 짐작하고 있습니다."

"황부산이라면 바로 코앞이군요. 놈들이 이곳까지 접근하는 동안 몰랐다는 것은 실로 큰 문제입니다."

자운산이 기가 막히다는 얼굴로 지도를 바라보았다.

"그럴 수밖에요. 황부산의 위치를 다시 확인해 주십시오. 익숙한 이름이 보일 것입니다."

황부산 아래쪽에 천검문이란 이름을 확인한 수뇌들의 입에서 욕설이 터져 나왔다.

"천검문의 비호 아래 숨어 있었으니 눈치채지 못하는 것이 당연한 것이었군."

"지금 당장 목을 베어 일벌백계로 삼는 것이 좋겠소이다."

"놈들을 통해 최대한 정보를 캐낸 후에 처벌을 해도 늦지는 않다고 봅니다."

"적들의 공격을 기다릴 것이 아니라 선공을 하는 것이 어떻습니까?"

"맞습니다. 바로 황부산으로 움직여 숨어 있는 적들을

모조리 격멸해야 합니다."

온갖 의견들이 중구난방처럼 쏟아져 나왔다.

"번 문주는 어찌 생각하시는가?"

염고한이 물었다.

순간, 회의장을 뒤덮었던 소란이 일시에 잦아들며 번강에게 시선을 집중했다.

그것만으로도 번강이 그들에게 어떤 대접을 받고 있는지, 어떤 위치에 있는지 확연히 알 수 있었다.

"아직 확실한 정보가 나온 것은 아니나 정황상 놈들의 공격이 임박했음을 알 수가 있습니다. 그런데 천검문과 대도장 등이 우리에게 정체가 노출되었다는 것을 알면 계획이 전면 수정되겠지요. 그것부터 막아야 할 것입니다."

"놈들의 계획을 이용하자는 말이군요."

자운산이 의미심장한 얼굴로 말했다.

"맞습니다. 어쩌면 이번 일은 하늘이 우리에게 준 기회일 수 있습니다. 완벽하게 계획을 세우고 제대로 함정을 판다면 루외루와 그 일당을 일거에 쓸어버릴 수 있을 것입니다."

그때, 누구보다 냉철한 자세로 회의에 임하고 있는 운선장주 효문이 반대의 의견을 내놓았다.

"좋은 기회이긴 한데 가능하겠습니까? 루외루의 고수들

이 움직였다고 가정했을 때 우리만으론 역부족일 수 있습니다."

"그 점에 대해선 제 생각도 장주님과 같습니다. 루외루의 전력이 정확하게 드러났다면 모를까 제대로 파악되지 않은 이상 함부로 함정을 파다가 역으로 당할 수도 있습니다."

자운산이 효문의 의견에 동조했다.

효문과 자운산이 조심스러운 태도를 보이자 금방이라도 루외루를 쓸어버릴 수 있을 것처럼 뜨겁게 달아올랐던 분위기가 차분히 가라앉았다.

"그렇다고 이런 좋은 기회를 그냥 날릴 수는 없는 노릇 아닌가? 어디 좋은 생각이라도 있는 것인가?"

염고한이 효문과 자운산을 번갈아 바라보며 물었다.

"지원군을 요청하는 것이 어떻겠습니까?"

효문이 조심스레 의견을 말했다.

"지원군이라면……."

"다소 꺼려지기는 하지만 천마신교가 있습니다. 거리도 가깝고 그만한 힘이 있는 곳이지요."

"음, 천마신교라."

천마신교라는 이름에 염고한은 물론이고 다들 표정이 굳었다.

야수궁과의 싸움에서 함께 사선을 넘었음에도 그들을 바라보는 시선이 과거와 크게 바뀌진 않은 것이다.

효문에 이어 자운산도 몇 마디를 거들었다.

"천마신교의 도움도 좋지만 우선적으로 무황성에 지원을 요청해야 한다고 봅니다."

"세외사패의 공세가 워낙 거세서 그만한 여유가 있을지 모르겠습니다."

조청무가 약간은 부정적인 표정으로 말했다.

"여유가 없기는 다 마찬가지입니다. 천마신교는 현재 교주가 큰 부상을 당한 상태입니다. 지난 싸움에서 우리만큼이나 큰 피해를 당했고요. 무엇보다 그들에겐 야수궁이라는 변수가 존재합니다. 지원이 여의치가 않을 수 있다는 말이지요. 그리되면 모처럼 잡은 좋은 기회를, 세외사패보다 더욱 위험한 루외루에게 큰 타격을 줄 수 있는 절호의 기회를 헛되이 할 수도 있습니다. 어떻게든지 지원을 이끌어내야 한다고 봅니다."

자운산의 강력한 주장에 분명히 일리가 있었고 좌중의 분위기 또한 그의 의견에 크게 지지를 보내는 터라 조청무는 조용히 입을 다물었다.

"자, 이제 결론을 내야 할 것 같습니다."

번강이 입을 열자 모두의 시선일 일제히 그에게 쏠렸다.

"지부장께서 무황성에 연락을 취해주십시오. 이쪽의 상황을 제대로 설명을 한다면 무황성에서도 외면하지는 않을 것입니다. 그리고 천마신교에도 지원을 요청하는 전서구를 띄우도록 하지요. 다들 어찌 생각하십니까?"

번강이 좌중을 둘러보며 물었다.

어쩌면 가장 합리적이고 대세를 이뤘던 의견이기에 반대는 없었다.

무황성과 천마신교에 지원을 요청한다는 의견이 통과되자 내심 안도의 한숨을 쉰 자운산이 말했다.

"우선 급한 것은 천검문과 대도장, 용봉문이 우리에게 발각되었다는 것을 놈들이 몰라야 한다는 것입니다. 우선적으로 놈들과의 연락 방법을 알아내어 함정을 팔 때까지 별다른 의심을 사지 않도록 해야 할 것입니다."

"놈들이 쉽게 불겠는가?"

염고한이 물었다.

"불도록 만들어야지요. 무슨 수를 써서라도. 제 도움이 필요하면 언제든지 말씀만 하십시오."

철연심이 입술을 비틀고 주먹을 꽉 움켜쥐며 말했다.

"그건 본가에 맡겨주십시오. 연락 방법은 물론이고 이후의 계획과 루외루와 관련된 모든 것들을 반드시 밝혀내도록 하겠습니다."

남궁세가의 영향력을 이번 기회를 이용에 다시금 회복시킬 생각을 하고 있는 남궁학이 호언장담을 하고 나섰다.

대부분의 사람들이 남궁학의 자신감 넘치는 모습에 호의적인 것과는 달리 몇몇 사람들은 살짝 인상을 찌푸렸다. 과한 자신감으로 행여나 일을 그르칠까 걱정하는 것이었다.

*   *   *

전서구를 통해 거의 동시에 도착한 두 장의 서찰.

흑무의 수장 막심초는 잠시 고민을 하다가 야수궁을 감시하는 수하에게 온 서찰을 먼저 뜯었다.

차분한 눈길로 서찰을 읽어 내려가던 막심초의 눈썹이 꿈틀댔다.

미간이 좁아지고 눈동자가 살짝 흔들렸다.

강남대회전에서의 패퇴 이후, 십만대산으로 돌아가 꼼짝도 하지 않고 있던 야수궁의 움직임이 심상치 않으며 심지어 일부 정예들은 이미 북상을 시작했다는 보고는 막심초를 긴장시키기에 충분했다.

"놈들이 다시 움직이기 시작했다면 묵첩파의 부상이 회복됐다는 말이로군."

막심초가 고개를 갸웃거렸다.

"아니다. 목숨은 건졌지만 아직 부상에서 완전히 회복한 것은 아니라고 했다. 설사 부상에서 회복을 했다고 하더라도 지금과 같은 움직임은 너무 급작스럽고."

막심초의 얼굴이 심각하게 일그러졌다.

"아무래도 이상해. 분명 무슨 꿍꿍이가… 아!"

뭔가를 떠올린 막심초가 강남무림 연합군에서 보내온 서찰을 황급히 펼쳤다.

빠르게 서찰을 읽어 내려가던 막심초가 벌떡 일어났다.

"역시, 내 생각이 맞았어!"

문을 박차고 나선 막심초가 향하는 곳은 당연히 마도제 일뇌 사도은의 처소였다.

"어찌 생각하나?"

혈륜전마가 팔짱을 끼고 생각에 잠겨 있는 사도은에게 물었다.

사도은은 대답하지 않았다.

혈륜전마는 그의 생각이 정리될 때까지 차분히 기다려 줬다.

잠시 후, 팔짱을 푼 사도은이 입을 열었다.

"일단 야수궁은 큰 문제가 아니라고 보네."

"문제가 아니라니?"

"어차피 놈들의 임무, 흠, 임무라고 하니 조금 이상하군. 아무튼 야수궁의 의도는 간단해. 우리가 강남무림 연합군을 돕기 위해 움직이는 것을 막으려는 것이네."

"노부도 그리 생각하네."

혈류전마 역시 막심초가 전한 서찰을 읽은 터라 현재의 상황을 조금은 짐작하고 있었다.

"그렇다고 해도 완전히 무시할 수도 없는 것이 우리의 현실이지."

"물론일세. 야수궁의 전력을 감안했을 때 솔직히 우리가 무시할 만한 전력은 아니지 않나. 오히려 저들이 우리를 무시하면 무시할까."

혈류전마와 사도은이 서로를 바라보며 쓰게 웃었다.

"어찌하면 되겠나? 우선 교주님께 아뢰어야 할까?"

혈류전마의 물음에 사도은이 고개를 저었다.

"전해 듣기로 교주님께선 지금 굉장히 중요한 고비에 이르셨다고 하네. 아무리 상황이 급박하게 돌아간다고 해도 교주님께서 대성을 눈앞에 두신 지금 방해를 해선 안 될 것이네."

이미 그런 대답을 예상하고 있었고 자신 또한 같은 생각임에도 혈류전마는 답답한 표정을 감추지 못했다.

"골치 아프군. 지원을 해달라는 강남무림 연합군의 요청을 수락하자니 야수궁의 도발이 걸리고 그렇다고 무시하자니 저들이 루외루를 감당하기엔 버거울 것이 뻔하고 말이야. 저들이 무너지면 그다음은 당연히 본교가 될 것이 아닌가?"

"아무래도 그렇겠지."

"하면 지원군을 보내야 하는 것인가?"

사도은이 고개를 저었다.

"지원군을 보낸 것을 알면 야수궁은 기다렸다는 듯 공격을 감행할 것이네. 그리고 남은 병력으론 놈들의 공격을 당연히 감당하지 못할 것이고."

"그렇다고 외면할 수도 없지 않나. 자네도 인정했다시피 저들만으론 루외루를 감당할 수 없어. 설사 함정을 팠다고 해도 우리가 보아온 루외루의 힘이라면 능히 전세를 뒤집어 버릴 수 있네."

"그래서 더욱 보내면 안 된다고 생각하는 것일세."

사도은이 고개를 저었다.

"허! 다음이 우리 차례라는 것을 알면서도?"

"그렇네."

사도은의 단호한 대답에 혈륜전마는 이해를 할 수 없다는 표정을 지었다.

"자네가 어떤 의도를 가지고 말을 하는 것인지 도무지 이해를 할 수가 없네. 뭐라 설명을 좀 해주게."

두통이 밀려오는지 혈류전마가 관자놀이를 지그시 누르며 말했다.

사도은이 강남무림 연합군이 보내온 서찰을 집어 들었다.

"저들이 보내온 이 서찰을 읽으며 생각을 해봤는데 마음에 걸리는 것이 있었네."

"그게 무엇인가?"

"너무 쉽다고 생각하지 않나?"

"쉽다?"

"루외루가 세운 계획치고는 너무도 허술하지 않느냐는 말일세."

"루외루가 들킨 것이 아니라 그들이 수족으로 부리는 문파가 걸렸다고 하지 않았나. 대륙상회 자금의 흐름을 추적한 것은 상당히 효과적인 방법이었어."

"그렇긴 하지만 지금껏 아무런 성과도 없다가 갑자기 걸려들었다는 것도 마음에 안 들어."

"또 의심병이 도졌군. 한번 의심하기 시작하면 끝도 없는 것일세."

혈류전마가 약간은 힐난하는 어조로 말했다.

"의심병이 아니라 조심하자는 것이지. 뭐, 좋아. 우연찮게 저들의 계획을 눈치챘다고 치지. 다만 문제는 루외루의 계획을 그들의 의도한 대로 제대로 역으로 이용할 수 있느냐는 것이네. 루외루의 정보력이라면 강남무림 연합군에 심어놓은 천검문과 대도장 등의 정체가 발각되었다는 것쯤은 금방 알아챌 것이라 생각하지 않나?"

혈류전마가 설마 하는 표정을 지었다.

"그 정도 대비책도 없으려고. 어떻게든지 의심을 피할 방법을 찾겠지. 루외루를 함정에 끌어들이려 한다면 가장 기본적으로 해결해야 하는 것인데."

"만약에 말일세."

사도은이 전에 없이 심각한 표정으로 서찰을 흔들었다.

"여기에 적힌 모든 사안들이 루외루의 의도라면 어찌 되는 것인가?"

"무, 무슨 말을 하고 싶은 것인가?"

혈류전마의 목소리가 절로 떨렸다.

"대륙상회의 자금이 몇몇 문파로 흘러 들어가는 것을 노출시키고 심지어 강남무림 연합군에 심어놓은 문파들까지 희생하면서 자신들의 움직임을 노출하려는 의도를 지닌 것이라면? 그래서 상대로 하여금 함정을 파도록 일부러 유도한 것이라면 어찌 되느냔 말일세."

"설마! 그 정도까지……."

불길한 예감이 든 것인지 고개를 젓는 혈류전마의 표정엔 어딘지 모르게 자신감이 없었다.

"지금까지 보아온 루외루라면 능히 그런 수작을 부릴 수 있네. 본교 역시 놈들의 계략에 속수무책으로 당한 적이 있지 않은가?"

"그거와 이거는 다르지. 그땐 본교의 역심을 품은 놈들이 유혹에 넘어가 저지른 일이고."

혈류전마가 불쾌한 표정을 지으며 말했다.

"잊은 것인가? 그런 유혹을 한 놈들이 루외루에서 심어 놓은 간자라는 것을 아무도 알아차리지 못했네."

"……."

"느낌이 좋지 않아. 아무래도 강남무림 연합군에서 루외루의 함정에 빠진 것 같단 말이지."

"그렇다면 경고라도 해야 하는 것 아닐까?"

혈류전마가 힘 빠진 음성으로 물었다.

"경고? 농담하는 건 아니겠지? 지금이야 서로 협력을 해야 하는 웃긴 상황이 되었지만 소위 말해 정파라 자부하는 자들이 어떤 종자인지 기억을 해보게. 확실한 증거도 없이 우리의 충고를 받아들일 것 같은가? 오히려 지원을 해주기 싫어 수작을 부린다고 욕을 할 걸세."

"확실하다 해도 아니라 우길 위인들이긴 하지."

"진 공자님이라도 계셨으면 상황이 달라지겠지만 현재 그곳엔 우리의 의견을 귀담아들어 줄 사람이 없네."

"결국 지원 요청을 거절하잔 말이군."

"당연히! 설사 우리의 생각이 틀렸다고 해도 그래야 한다고 보네. 더구나 야수궁이 움직이고 있지 않나. 그놈들이라면 지원을 거절하는 충분히 핑계거리가 될 걸세. 아참, 그리고 욕을 먹더라도 일단은 이 모든 상황이 루외루의 함정일 가능성도 적당히 경고는 하는 것이 좋겠군. 믿지는 않겠지만."

"골치로군. 루외루의 함정이어도 문제고 정말 좋은 기회를 얻은 것이라도 문제니 말일세."

혈륜전마가 답답함을 참지 못하고 연거푸 술잔을 들었다.

"기왕이면 좋은 기회를 얻은 쪽이었으면 좋겠군. 루외루의 전력을 감안했을 때 큰 성과를 얻기는 힘들다고 하더라도 치명적인 결과는 피할 수 있을 테니까. 만약 루외루의 함정이라면 강남무림 연합군은 괴멸을 면치 못할 것이네. 그 여파는 우리에게도 혹독하게 들이치겠지."

생각만으로도 소름이 돋는지 사도은이 자신도 모르게 팔뚝을 쓰다듬었다.

"아무튼 지금은 저들의 지원 요청을 거절하는 서신을 보내는 것이 우선이겠지. 들었느냐?"

혈륜전마가 한 마디 말도 하지 못하고 조심스레 앉아 있던 막심초에게 고개를 돌렸다.

"예, 태상원로님."

"바로 전서구를 띄워라. 내용은 네가 들은 대로 잘 정리를 하도록 하고."

"그리하겠습니다."

공손히 물러나는 막심초를 바라보던 혈륜전마와 사도은은 서로를 보며 한숨을 내쉬었다.

폭풍 전야와도 같은 불길함이 두 사람을 조용히 휘감았다.

*   *   *

"네, 네놈이 감히 본 존자를……."

스스로를 마불사 백팔존자의 일인, 염화존자라 칭한 중년 승은 외마디 비명도 지르지 못하고 미간에 구멍이 뚫려 숨이 끊어지고 말았다.

진유검이 연화장과 무혼지를 이용해 염화존자의 목숨을 취하는 사이 염화존자를 따라 당가타 남서쪽을 공략하고 있던 마불사의 마승들 또한 천강십이좌의 손속에 순식간에 무너지고 있었다.

삼십에 이르는 마승들이 전멸하는 데 걸리는 시간은 반각도 채 되지 않았다.

그들과 힘겨운 일전을 벌였던 이들은 눈앞에서 벌어지는 상황에 환호를 보내면서도 자신들의 무기력함에 한숨을 내쉬고 말았다.

"아저씨!"

부상당한 당가려 등을 뒤에 남기고 진유검 일행의 길잡이 역할을 한 당파가 얼굴에 피 칠갑을 한 관자온을 보며 소리쳤다.

"넌 파아가 아니냐?"

"예, 아저씨."

"괜찮은 거냐? 만월대 소식은 우리도 들었다."

만월대란 이름에 당파의 안색이 잠시 굳었지만 이내 원래의 표정으로 돌아왔다.

"많은 동료가 목숨을 잃었지만 전 괜찮습니다."

"다른 사람은? 너만 살아난 것이냐?"

관자온이 진유검 등을 힐끗 바라보며 물었다.

전멸을 당했다던 만월대에 생존자가 있다는 것은 누군가의 도움이 있었다는 것.

관자온은 마불사의 마승들을 간단히 처리하는 진유검 등을 보며 당파가 그들의 도움을 받았음을 직감했다.

"아니요, 가려 누님을 비롯해서 몇 명은 살아남았습니다. 다들 부상이 심하긴 하지만."

"가려가? 정말 다행이구나."

당가려와 제법 친분이 있던 관자온은 그녀의 생존 소식에 정말로 기뻐했다.

"저들의 도움이더냐?"

관자온이 진유검을 가리키며 물었다.

"예, 저분들이 아니었으면 단 한 사람도 살아남지 못했을 겁니다. 정말 지독할 정도로 추격을 받았거든요."

"확실히 지독한 놈들이긴 하지."

마불사의 마승과 이미 수차례나 격전을 벌인 관자온은 그들이 얼마나 지독한지 누구보다 잘 알고 있었다.

"종교만큼 무서운 것이 없다고 하더니만 목숨을 도외시하고 맹목적으로 덤비는데 정말 감당하기가 쉽지 않아. 내평생 당가의 식솔들보다 더 지독한 인간들은 처음 본다."

농담처럼 던진 말이었지만 그것이 사실이기에 전혀 우습게 들리지 않았다.

"그래도 저분들이 본가를 돕기 위해 왔으니 이제부터는 모든 상황이 달라질 겁니다."

"지원군이로구나. 그래, 하나같이 대단한 실력을 지닌 것 같다."

반색을 하면서도 어딘지 모르게 반응이 시큰둥했다.

"하지만 상황이 너무 좋지 않아. 피해는 계속해서 누적되고 있고 기대했던 사공세가의 지원군은 이곳에 도착도 하기 전에 몰살을 당했다. 위에선 쉬쉬하는 것 같은데 이미 산외산의 고수들이 개입했다는 말이 쫙 퍼진 상태야. 이게 다 그 멍청이들 때문이다. 제 놈들이 뭐라고 그렇게 고집을 부려. 사천의 맹주가 당가라는 것은 천하가 다 아는 사실이거늘."

관자온은 작금에 닥친 불행이 당가를 인정하지 않고 고집을 부리다 치명타를 맞은 아피마와 청성파에 있다고 생각하는 것 같았다. 비단 그의 생각만이 아니라 당가타에 모인 대부분의 사람들이 실제적으로 그리 여기고 있었다.

"사공세가 얘기는 저도 들었습니다. 그래도 믿어보세요. 저분들은 단순한 지원군이 아니라 그야말로 천군만마와도 같으니까요."

당파의 자신감 넘치는 태도에 호기심이 생긴 관자온이 다시금 진유검과 천강십이좌를 살폈다.

'강하긴 하군.'

확실히 당파가 자신할 만큼 대단한 실력자들임은 틀림

없어 보였다.

"네 말대로 뛰어난 고수 같기는 하지만……."

"그냥 뛰어난 고수 정도가 아니라니까요."

나이는 어려도 그 또래와는 어울리지 않게 꽤나 당찬 모습을 보이던 당파가 안달을 하자 궁금증이 더욱 커졌다.

"대체 누구길래 그러는 건데?"

관자온의 물음에 당파가 씨익 웃었다.

그러곤 모두가 들으라는 듯 당당히 말했다.

"천하제일인이요."

*　　　*　　　*

"호! 신도세가가 자랑하는 최정예라더니 확실히 실력들이 대단한데요. 전술적인 훈련도 잘되어 있는 것 같고요."

높이 뻗은 나뭇가지에 한가로이 걸터앉아 혈전이 벌어지고 있는 전장을 살피고 있던 천포가 승기를 잡아가는 청룡대를 보며 감탄을 터뜨렸다.

감탄 속에 비웃음이 섞여 있기는 하였지만 거의 배가 넘는 상대를 순식간에 몰아붙이는 실력에 대해선 어느 정도는 인정을 하는 것 같았다.

"한데 언제까지 지켜보실 겁니까, 사형? 마불사의 피해가 너무 큽니다."

등영의 외침에 나뭇등걸에 등을 베고 최대한 편한 자세로 휴식을 취하고 있던 종무외가 가만히 눈을 떴다.

"그렇지 않아도 움직이려 했으니 그리 조급하게 굴 것 없다. 천포."

종무외가 천포를 불렀다.

"예, 사형."

"몇 놈이나 남았지?"

"아미파 놈들은 제법 쓰러진 것 같은데 청룡대의 피해는 미미한 것 같습니다. 마불사의 중놈들은……."

"그놈들은 됐고. 참, 청룡대 인원이 몇이라고 했지?"

등영이 얼른 대답했다.

"백 명이 조금 못 되는 것 같습니다."

"꽤나 많군. 나름 귀찮은 싸움이 되겠어."

"그래 봤자 사공세가 놈들에 비하면 애송이들입니다. 순식간에 쓸어버릴 수 있습니다."

천포가 나무에서 훌쩍 뛰어내리며 말했다.

"유명이 그렇게 장담하다가 그 꼴이 되었지."

종무외가 백유명을 언급하자 천포가 머쓱한 표정으로 물러났다.

"어쨌든 사형을 봐서라도 이쯤에서 개입을 하는 것이 좋을 것 같기는 하다."

개입을 한다는 종무외의 말에 휴식을 끝내고 그의 곁으로 몰려든 이들의 눈동자가 기대감으로 초롱초롱 빛났다.

그런 사제들의 눈빛을 보며 무인들의 뜨거운 피는 천상 어쩔 수 없다는 생각을 한 종무외는 마음껏 날뛰는 청룡대의 중심에서 별다른 움직임을 보이지 않고 있는 노인들을 가리키며 몇 가지 당부를 했다.

"신도세가에서도 특별히 고른 고수들이란다. 아마도 소가주인 신도천을 보호하기 위해 보낸 것이겠지. 저들만 주의하면 큰 문제는 없을 것이다. 행여나 방심하지 말고 처음부터 전력을 다해 놈들을 쓰러뜨려. 그리고 이번엔 제발 죽지 마라. 이건 사형으로서의 부탁이자 명이다."

"예, 사형."

주변을 에워싼 그의 사제들이 이구동성으로 대답했다.

"그럼 시작해 보자."

종무외의 말이 끝나기가 무섭게 사제들이 전장을 향해 내달리기 시작했다.

우우우우우!

가장 선두에 선 천포의 사자후가 전장을 쩌렁쩌렁하게 뒤흔들었다.

"적입니다!"

누군가의 외침이 터지기도 전에 이미 적의 출현을 눈치 챈 청룡대주 신도인이 부대주 구창을 향해 손짓을 했다.

명을 받은 구창은 즉시 수하 삼십을 이끌고 후방으로 움직였다.

"우리가 도와야 할 것 같습니다."

청룡대를 이끌고 백의종군을 하고 있었지만 모든 싸움을 청룡대주에게 맡겨놓고 사실상 뒤로 물러나 있던 신도천이 그를 보호하기 위해 함께 세가를 나선 호법들을 둘러보며 말했다.

"아무래도 그래야 할 것 같네. 적들의 기세가 여기까지 느껴지는 것이 만만치 않은 상대가 나타난 것 같으이."

호법 중 가장 연장자라 할 수 있는 간위가 심각한 표정으로 고개를 끄덕였다.

"혹, 그자들 아닐까?"

가뜩이나 작은 눈을 더욱 좁히며 적을 살피던 호법 서척이 떨리는 음성으로 물었다.

"그자들? 누구?"

호법 풍림이 반문했다.

"사공세가의 지원군을 몰살시켰다던 놈들 말일세."

"음, 그런 것 같군. 마불사 놈들은 확실히 아니야."

"어이구야. 정말 무시무시한데."

서척이 장난스레 몸을 떨었다.

"허허! 까딱 잘못하면 이곳이 내 무덤 자리가 될지도 모르겠고만."

"쓸데없는 소리. 사공세가가 별건가? 그저 뒷방에서 무게만 잡던 위인들이야. 차라리 잘됐어. 이번 기회에 우리의 실력을 똑똑히 보여주자고."

간위가 동요하는 동료들을 달랬다.

하지만 그럴 필요는 없었다.

애당초 말로만 엄살을 떠는 것이었을 뿐 호법들 중 누구 하나도 겁을 먹거나 두려워하지 않았다.

"맞습니다. 본가가 더 이상 사공세가의 아래가 아님을 만천하에 알릴 좋은 기회입니다."

신도천까지 나서서 호승심을 불태우자 저마다의 눈에서 전의가 활활 불타올랐다.

그것이 오판임을 깨닫는 데는 오랜 시간이 걸리지 않았다.

그 시직은 삼십 명의 청룡대원들을 이끌고 후방으로 움직인 부대주 구창이 천포가 던진 칼에 그대로 심장이 꿰뚫리면서부터였다.

단 한 번의 출수로 구창을 절명시킨 천포는 구창의 가슴을 관통하여 되돌아오는 칼을 낚아채곤 달려오던 속도 그대로 미친 듯이 칼을 휘둘렀다.

"크아악!"

"마, 막… 으악!"

가히 노호처럼 들이치는 천포의 기세에 나름 산전수전을 겪었다는 청룡대원들도 속수무책이었다.

눈 깜짝할 사이에 다섯 명의 동료가 불귀의 객이 되었음에도 제대로 대응을 하지 못했다.

구창이 살아 있었다면 신속히 전열을 가다듬고 다수의 힘으로써 어떻게든 맞서보았겠지만 싸움이 시작됨과 동시에 구창이 목숨을 잃은 데다 연이어 목숨을 잃은 자들 역시 청룡대에서도 고참에 속하는 이들이었기에 나머지 대원들을 이끌어줄 구심점이 사실상 사라졌다.

신도천 등이 본격적으로 싸움에 끼어들기 전까지 청룡대는 그야말로 속절없이 무너졌으니 삼십 명 중 남은 사람은 고작 열여섯뿐.

천포 단 한 명에게 절반에 가까운 인원이 당한 것이다.

그것에 걸린 시간은 고작 몇 호흡에 불과했다.

"네놈들은 누구냐?"

신도천이 경악이 가득한 얼굴로 물었다.

조금 전의 자신감, 호승심은 이미 천 리 밖으로 사라진 상태였다.

"그건 알아서 뭣하시게? 어차피 우리가 당신들을 알듯 당신들 역시 우리를 알고 있을 것 같은데 말이지. 굳이 통성명을 할 필요가 있을까?"

천포가 피 묻은 칼을 밟고 있는 청룡대원의 웃옷에 쓱쓱 문지르며 조소를 흘렸다.

"역시 산외산이었구나."

"정답."

천포가 칼을 신도천을 향해 서서히 겨누었다.

"우리가 누군지 안다면 이후의 벌어질 일 또한 잘 알고 있겠지?"

"함부로 지껄이지 마라. 신도세가는 네놈들이 생각하는 것처럼 만만한 곳이 아니다."

"얼마 전 사공세가의 늙은이에게 들은 얘기와 비슷하군. 결과는 익히 들었을 것이고."

차갑게 비웃은 천포가 기세를 끌어 올리자 간위가 신도천의 앞을 가로막았다.

"네놈은 노부가 상대하마."

당황한 신도천이 간위의 팔을 잡아채려 했으나 간위는 이미 천포를 향해 검을 곧추세우고 있었다.

"누구라도 상관은 없어. 어차피 결과는 같을 테니까."

말이 끝남과 동시에 몸을 날리는 천포.

육중한 모습과는 달리 움직이는 속도는 그야말로 전광석화 같았다.

그러나 종무외의 충고에도 불구하고 다소 방심을 했는지 곳곳에서 허점이 드러났다.

"이놈!"

간위가 노호성을 터뜨리며 검을 움직였다.

단 한 번의 동작으로 다섯 군데의 요혈을 찔러 들어오는 검의 빠름에 놀란 천포가 급격히 방향을 틀었다.

검에 잘린 천포의 옷자락이 허공을 유영했다.

"무섭군, 영감."

천포가 잘린 옷자락을 보며 눈을 치켜 올렸다.

당황하거나 두려워하는 모습은 전혀 아니었다.

그저 약간의 놀람일 뿐이었다.

"하지만 내 옷값은 비싸다고."

천포의 입가에 진한 미소가 지어졌다.

그 미소를 보는 간위의 등줄기에서 식은땀이 흘러내렸다.

단 한 번의 공방이었다.

서로의 무기가 섞인 것도 아니었다.

그럼에도 그는 천포가 얼마나 뛰어난 실력자인지 단숨

에 알아보았다.

'이긴다는 생각은 하지 않을 것이다. 그러나 쉽게 지지도 않는다.'

나름의 각오를 다진 간위가 손에 쥔 검을 꽉 움켜잡았다.

손잡이엔 세월의 흐름이 그대로 녹아 있었지만 잘 벼려진 검신의 날카로움은 세월마저 비껴 갔다.

"조심해라. 만만한 상대는 아니다."

종무외가 천포의 옆을 스쳐 지나가며 중얼거리듯 말했다.

간위와 종무외의 시선이 허공에서 얽혔다.

간위의 눈동자가 거칠게 흔들렸다.

피 튀기는 전장을 마치 산보하듯 지나가는 종무외의 여유로움 속에 진정한 강자의 풍모를 느낀 것이다.

종무외가 신도천을 향해 걸어가고 있음을 확인한 간위의 심장이 미친 듯이 요동치기 시작했다.

신도세가의 소가주로서 신도천은 분명 강하다.

그를 보호한다는 명목하에 따라온 호법들 중 그보다 강한 사람은 없었다.

그럼에도 직감할 수 있었다.

'소가주가 감당할 수 있을 만한 고수가 아니다.'

청룡대가, 호법들이 모조리 목숨을 잃는다고 해도 신도천만은 살아야 했다.

간위는 자신도 모르게 천포를 힐끗 바라보았다.

간위의 의도를 파악한 천포가 피식 웃었다.

"웃기지 마, 영감. 어림도 없는 짓 하지 말라고. 이대로 보내줄 마음은 눈곱만큼도 없으니까."

천포는 말로만 떠드는 것이 아니라는 것을 곧바로 행동으로 보여줬다.

깡!

날카로운 병장기의 충돌음이 전장에 울려 퍼졌다.

간위는 손아귀를 통해 전해져 오는 저릿한 느낌에 정신이 퍼뜩 들었다.

신도천이 아니라 당장 자신의 목숨을 걱정해야 할 정도로 강한 상대가 눈앞에 있음을 깨달은 것이다.

그사이 천포와 간위 곁을 스쳐 지나간 종무외는 이미 신도천과 마주하고 있었다.

신도천은 종무외를 보며 거대한 산을 보고 있다는 느낌을 받았다.

그런데 어딘지 모르게 익숙한 기운이다.

'맙소사! 숙부님과 같은 느낌이다. 설마 이자가 숙부님과 버금가는 고수란 말이냐!'

신도천은 종무외에게서 숙부이자 가문의 자랑인 천무진천 신도충의 향기를 느끼곤 기겁을 했다.

눈앞의 상대가 숙부와 비슷한 경지에 이른 고수라면 애당초 상대가 되지 않을 터였다.

그렇잖아도 흔들리던 자신감이 급격하게 무너져 내렸다.

당황한 신도천이 황급히 주변을 둘러보았다.

혹여 자신을 도울 만한 사람이 있나 살펴보았지만 뒤따라온 호법들은 이미 적들과 얽혀 치열한 공방을 펼치고 있었고 대다수가 암울한 상황이었다.

이미 목숨을 잃은 호법의 모습도 보였다.

호법들이 그런 지경이니 청룡대는 말할 것도 없었다.

살아 있는 사람을 찾기가 불가능할 정도였다.

"그대가 신도세가의 소가주라는 신도천이오?"

종무외가 정중히 물었다.

"그, 그렇다."

신도천이 당황한 기색이 역력한 표정으로 대답했다.

종무외의 눈가에 실망의 기운이 스쳐 지나갔다.

얼마 전, 자신과 치열한 접전을 펼쳤던 사공중의 실력과 백유명을 폐인으로 만들어 버린 곽동 등의 모습을 떠올린 종무외는 꼬랑지를 내린 강아지처럼 눈동자를 굴리고 있는 신도천을 보며 차갑게 조소를 날렸다.

"사공세가에 비하자니 참으로 천박하구나. 주인을 물어보겠다고 덤비긴 해도 확실히 개는 어쩔 수 없는 개로군. 아쉽게 되었다. 사공세가의 사람들이 있었다면 주인을 능멸하려는 개를 어찌 다뤄야 하는지 확실하게 보여줄 수 있었을 텐데 말이야."

조금 전의 예의 따위는 어느새 사라지고 살기로 번들거리는 종무외의 손에 섬뜩하게 빛나는 비도 몇 자루가 들려 있었다.

72장

반간계(反間計)

　당가를 중심으로 수백 년간 발전해 온 마을 당가타는 사천무림 최후의 보루다.

　마불사의 공격으로 잔뜩 위축되어 있던 당가타에 오랜만에 활력이 돌았다.

　무림에 혜성처럼 등장하여 루외루의 음모를 분쇄하고 무황성, 천마신교는 물론이고 강남무림 연합군까지 구해 낸 수호령주가 당가타에 도착한 것이다.

　수호령주는 무림을 뒤흔들고 있는 명성답게 전멸당했다고 알려진 만월대원들을 소수나마 구해내고 당가타 남서

쪽을 매섭게 공격하던 염화존자와 그 수하들을 모조리 박살을 내며 화려하게 등장했다.

사공세가의 지원군이 중도에서 전멸을 당하며 사기가 바닥으로 떨어진 당가타의 분위기는 수호령주의 활약으로 인해 상당히 회복되었다.

그 덕분인지 당가타에 도착한 진유검과 그 일행은 당가와 사천무림의 수뇌들로부터 극진한 예를 받았는데 심지어 당가의 가주 당암이 세가의 정문 밖에서부터 그를 기다려 모두를 놀라게 만들 정도였다.

진유검이 당가타에 도착한 그날 밤, 당가는 조촐하나마 연회를 열었다.

진유검이 몇 번이고 거절의 의사를 표명했지만 연회가 단지 그들만을 위한 것이 아니라 마불사와의 싸움에서 지친 이들의 사기 진작 차원에서 이뤄지는 것이라는 설명에 마냥 거절할 수만은 없었다.

말 그대로 조촐한 연회가 끝나고 당가와 사천무림의 수뇌들과 진유검은 곧바로 회의실로 이동하여 향후 계획에 대해 논의하기 시작했다.

"…까지가 현재 우리가 직면한 상황입니다. 솔직히 상황이 좋지만은 않습니다. 사공세가의 지원군이 당한 것도 문제지만 그들을 쓰러뜨린 자들이 산외산의 고수라는 점이 더 문제입니다. 얼마나 많은 고수들이 개입한 것인지 전혀 파악이 되지 않기 때문입니다. 그나마 다행이라면 령주께서 저희들을 돕기 위해 오셨다는 것이지요. 당가와 사천무림을 대표해서 감사를 드립니다."

진유검과 그 일행을 위해 사천무림이 현재 처한 상황을 빠르게 설명한 당표가 진유검을 향해 정중히 인사를 했다.

황급히 자리에서 일어난 진유검이 당표와 여러 수뇌들을 향해 마주 예를 표했다.

"당연한 일을 하는데 이런 인사를 받아도 되는 것인지 모르겠군요. 또한 일전에 당가의 도움을 크게 받기도 했으니 제 나름으로는 빚을 갚는 셈입니다."

전대 무황이 목숨을 잃고 의협진가가 루외루가 꾸민 음모에 빠졌을 때 당가가 무황의 죽음을 밝히고 의협진가의 누명을 벗겨내는 데 나름의 활약을 했던 것을 진유검이 언급하자 당암이 엷은 미소를 지으며 답했다.

"그것이야말로 본가의 의무였지요."

"당가가 아니면 할 수 없는 일이었습니다. 아무튼 여러분들의 환대에 진심으로 감사를 드립니다."

진유검이 정중히 예를 차렸다.

말석에 앉아 지켜보고 있던 전풍이 입을 삐죽거렸다.

"요즘 들어 느끼는 거지만 확실히 이상하오."

"뭐가?"

곽종이 속삭이듯 물었다.

"주군이 원래 저렇게 예를 차리는 사람이 아니오. 얼마나 까칠하고 오만한데. 무황성을 발칵 뒤집어놓을 때만 해도 저렇게 유하진 않았단 말이오. 그렇다고 진상을 부리고 그런 건 아니지만."

"그때야 그만한 사정이 있었잖아. 사대가문과의 관계도 영 껄끄러웠고."

곽종이 좌중의 눈치를 보며 반박했다.

"아니, 확실히 변하긴 변했소. 아무래도 세월의 때가 탄 건……"

나름 심각한 표정으로 얘기를 하던 전풍이 슬며시 고개를 돌렸다.

잡아먹을 듯 노려보는 진유검의 시선을 의식한 것이다.

곳곳에서 키득거리는 소리가 들리자 진유검의 얼굴이 벌겋게 변했다.

전풍의 난동(?)으로 무거웠던 회의실의 분위기는 오히려 한층 좋아졌다.

"그런 의미에서 화원장의 일이 무엇보다 안타깝습니다. 그들이 건재했다면 지금보다는 상황이 훨씬 좋았을 겁니다."

당암이 안타까움을 드러내자 당후인이 목청을 높였다.

"다 제 놈들 복이지. 평소 본가와의 관계가 아무리 소원했다고 하나 상황이 이토록 악화될 때까지 몽니를 부렸으니. 그 바람에 만월대 아이들만 희생되지 않았나."

하마터면 하나뿐인 손녀를 잃을 뻔한 당후인은 화원장에 대한 불쾌한 감정을 그대로 드러냈다.

"수호령주 덕분에 손녀가 목숨을 구했다고 들었소. 참으로 고맙소, 령주."

언제 화를 냈느냐는 듯 당후인은 더없이 부드러운 음성과 표정으로 진유검에게 사의를 표했다.

"별말씀을. 당 소저는 제가 구한 것이 아니라 저 녀석이 구했습니다."

진유검이 행여나 자신의 활약상을 빼앗아갈까 봐 도끼눈을 치켜뜨고 있는 전풍을 가리켰다.

"전풍이라 합니다."

전풍이 점잔을 빼며 고개를 숙였다.

"오! 자네가 우리 가려를 구한 것이로군. 고맙네. 이 은혜는 절대로 잊지 않을 것일세."

"하하하! 뭘 또 그렇게까지. 색에 미친 땡중 하나 처리하는 건 일도 아니었습니다. 만월대의 생존자들이 있다는 소식에 이곳저곳을 뛰어다니느라 발에 땀이……."

말이 길어진다고 여긴 진유검이 얼른 화제를 돌렸다.

"화원장 외에 다른 조력자는 없는 것입니까?"

"그렇다고 해도 무방할 겁니다. 나름 힘을 갖춘 문파들은 이미 이곳으로 모였으니까요. 초반에 빨리 대응을 했다면 보다 많은 문파들을 규합할 수 있었겠지만 생각보다 다소 지체되는 바람에 군소문파들의 희생이 컸습니다."

당암의 말에 한쪽 자리를 차지하고 있는 아미파와 청성파의 대표들이 무안한 듯 얼굴을 붉혔다.

그들은 사천무림 연합군의 주도권을 당가에게 주지 않기 위해 무던히도 애를 썼고 그로 인해 힘을 합쳐도 버거운 상대와 검을 맞대기도 전에 사천무림의 힘이 양분되고 말았다. 게다가 당가보다 뛰어난 활약을 해야 한다는 조바심에 치명적인 타격을 입고 말았으니 입이 열 개라도 할 말이 없는 것이다.

"그런데 신도세가에서 오신 분들이 보이지 않는군요. 많은 활약을 하고 있다고 들었는데요."

"그들은 이곳에 머물지 않고 당가타 외곽에서 본 파의 제자들과 마불사의 악적들을 상대하고 있습니다. 그렇잖아도 령주께서 도착하셨다는 말을 듣고 신도세가에도 연락을 취했지만 별다른 대답을 듣지는 못했습니다."

당암의 말에 당후인이 비웃을 흘렸다.

"홍! 볼 염치가 없는 것이겠지."

"당숙!"

당암이 정색을 하며 바라보자 당후인은 자신의 말이 너무 과했음을 인지하곤 조용히 입을 다물었다.

바로 그때 회의실의 문이 벌컥 열리고 삼십 남짓한 사내가 땀이 범벅이 된 얼굴로 회의실로 들어섰다.

"가주님!"

사내의 무례함에 당암과 당가 어른들의 표정이 확 변했다.

"이게 무슨 짓이냐? 이 자리가 어떤 자리인 줄 알고 그리 호들갑이야!"

성격이 괄괄하기로 당가에서 으뜸간다는 장로 당화궁이 벼락같이 호통을 쳤다.

하지만 회의실을 박차고 들어선 사람은 그만이 아니었다.

"크, 큰일 났습니다, 사부님!"

아미파 장로 오현 대사를 호종하여 당가에 온 범장이 사색이 된 얼굴로 달려왔다.

"무슨 일이냐?"

평소 누구보다 차분한 성격을 지닌 범장이 저렇듯 당황한 얼굴이라면 분명 큰일이 벌어졌다는 것. 황급히 묻는 오현 대사의 얼굴이 딱딱하게 굳어졌다.

"자, 장문인께서… 장문인께서……."

오현 대사 앞에서 무릎을 꿇은 범장은 차마 말을 잇지 못하고 눈물만 흘렸다.

"장문인께서 어찌 되셨다는 것이냐? 답답하구나. 어서 말을 해라."

오현 대사가 범장의 어깨를 움켜잡고 물었다.

"자, 장문인께서 마… 불사 놈들에게 그만……."

"제대로 말해라! 서, 설마 마불사의 악적들에게 당하셨단 말이냐?"

범장은 대답을 하지 못하고 고개를 떨궜다.

"마, 말도 안 된다. 장문인 데리고 있는 제자가 몇이거늘. 게다가 신도세가의 청룡대와 함께 움직이고 있지 않더냐. 그 병력이라면 마불사도 함부로 할 수 없을 정도다. 네가 뭔가 잘못 알고 있는 것이다."

오현 대사는 범장의 말을 강력하게 부정했다.

하지만 절망적으로 고개를 흔들고 있는 오현 대사는 물론이고 회의실에 모인 이들 모두는 범장의 말이 사실임을 이미 직감하고 있었다.

"네가 하고 싶은 말이 저것이냐?"

간신히 충격에서 헤어난 당화궁이 범장보다 앞서 회의

실 문을 박차고 들어선 사내, 당격에게 물었다.

"그렇습니다."

회의실에 뛰어들 때와는 달리 거친 호흡을 차분히 고른 당격이 무거운 표정으로 고개를 끄덕였다.

"자세히 말해봐라. 상황이 어찌 돌아가고 있는 것이냐? 저 스님의 말이 사실이냐?"

당화궁이 범장을 힐끗 바라보며 다시 물었다.

"그렇습니다."

당격의 대답에 곳곳에서 안타까운 탄식이 터져 나왔다.

오현 대사는 아무런 말도 하지 못한 채 눈을 꽉 감고 떨리는 음성으로 연신 불호만 되뇌었다.

"아미파가 당했다면 아미파와 함께 움직인 신도세가는, 청룡대는 어찌 되었느냐?"

당암이 긴장된 음성으로 물었다.

결코 하고 싶지 않은 대답이라는 듯 입술을 지그시 깨문 당격이 고개를 떨구며 대답했다.

"전멸… 당했습니다."

강력한 충격이 회의실을 강타했다.

"이럴 수가!"

"정녕 신도세가까지!"

"아미파와 신도세가를 전멸시켰다면 대체 얼마나 많은

병력을 동원했단 말입니까?"

"그만한 병력이 움직이는데도 눈치를 못 챘다는 것은 실로 심각한 문제요."

"당장 보복 공격을 해야 하오. 언제까지 수세에 몰려 당하기만 한단 말이오!"

"맞소. 상당한 병력을 이동시켰을 테니 우리는 아예 본진을 공략합시다."

성난 의견들이 봇물처럼 터져 나왔다.

"잠시만 진정들 하십시오. 아직 확인할 것이 남았습니다."

당암의 목소리가 시장통만큼 시끄러운 회의실 전체로 퍼져 나갔다.

나직한 음성이었음에도 단 한 사람도 듣지 못한 이가 없었으니 그가 얼마나 심후한 내력을 지녔는지 간접적으로 보여주는 것이었다.

금방이라도 회의실을 무너뜨릴 것 같던 소란이 가라앉자 당암이 당격을 향해 다시금 질문을 던졌다.

"아미파와 청성, 신도세가 병력이라면 당가타에 모인 전체 병력의 이 할에 육박한다. 그 많은 인원이 모조리 몰살을 당했단 말이냐?"

"얼마나 많은 이들이 당한 것인지는 파악되지 않았습니

다. 병력을 분산시켰을 가능성이 높기는 합니다만 아미파의 장문인께서 이끄시는 병력과 청룡대가 전멸을 당한 것은 틀림없습니다."

나직이 한숨을 내쉰 당암이 누구보다 심각한 표정을 짓고 있는 당표를 향해 고개를 돌렸다.

당표는 그가 무슨 말을 하려는지 이미 짐작을 했다는 듯 질문을 하기도 전에 입을 열었다.

"곳곳에서 계속해서 충돌이 벌어지고 있기는 해도 법왕이 이끄는 본진에선 큰 움직임이 없습니다. 추측건대 마불사 놈들에게 당한 것은 아닐 겁니다."

당표의 말에 가장 먼저 반응한 것은 오현 대사였다.

"그들이 아니라면 누구란 말이오?"

당표가 오현 대사를 지그시 바라보았다.

"대사께서도, 아니, 여러분들 모두 짐작하고 계시지 않습니까?"

당표의 물음에 아무도 대답하지 않았다.

그저 약속이라도 한 듯 침묵을 지킬 뿐이었다.

＊   ＊   ＊

휘영청 밝은 달빛 아래 단출한 안주를 놓고 술잔을 기울이는 이들이 있었다.

한 사람은 사천무림을 위협하고 있는 마불사 마승들의 생사여탈권을 쥐고 있는 법왕이었고 다른 한 사람은 그런 마불사를 돕기 위해 사제들을 이끌고 이미 혁혁한 공을 세운 종무외였다.

마불사로 하여금 진유검을 상대하게끔 하고자 했던 종무외는 법왕과 대면할 생각이 별로 없었지만 법왕이 별다른 예고도 없이 갑자기 들이닥치는 바람에 어쩔 수 없이 마주하게 되었다.

나이는 종무외가 위였으나 어린 나이부터 단우 노야에게 무공을 배운 법왕이 서열상으론 위였다.

"지금쯤이면 당가에도 소식이 들어갔겠네요."

법왕의 말에 종무외가 담담히 대꾸했다.

"그럴 겁니다."

"아주 난리가 났겠는데요. 아미파와 더불어 믿고 있는 청룡대까지 박살이 났으니요. 이게 다 사제님 덕분이에요."

법왕이 환한 미소를 띠며 술잔을 들었다.

삼십이 훌쩍 넘은 나이였으나 법왕의 외모는 누가 보더라도 이십 대 초반으로 인식할 정도로 어려 보였고 그 생김새 또한 전설 속에서나 등장할 정도로 미남이었다.

더구나 선이 굵은 미남이 아니라 여인이라 해도 믿을 정도로 고운 미남이기에 눈이 부실 정도로 화려한 법복에 여인네처럼 화장을 하고 온갖 장신구를 걸치자 남자인지 여자인지 구별하기가 불가능할 정도였다.

여인네는 물론이고 남자가 봐도 숨이 막힐 정도의 미모(?)를 눈앞에 두고 있음에도 종무외는 그다지 신경 쓰는 모습이 아니었다. 오히려 여전히 적응하기 힘든 말투 때문에 미간을 찌푸렸다.

"내일모레면 사형도 삼십 중반입니다. 대체 언제까지 그런 요상한 웃음과 말투를 계속 쓰실 생각입니까?"

"사제는 신경 쓰지 마세요. 이렇게 살다가 죽을 거니까. 그나저나 몸은 괜찮아요? 요 며칠 꽤나 강행군을 한 것 같은데요."

"조금 피곤하기는 해도 크게 무리가 갈 정도는 아닙니다. 사공세가와는 달리 이번에 상대한 신도세가는 그다지 힘을 들일 상대가 아니었으니까요."

"과연 우리 사제님은 대단해요. 신도세가에서 알면 거품을 물고 쓰러질 말을 이렇게 쉽게 하는군요."

"사실이니까요. 특히 소가주인가 뭔가 하는 놈은 한마디로 쓰레기 같은 놈이었습니다."

"그래요? 이상하네. 내가 알아본 바에 의하면 그래도 문무를 겸비한 인재라고 하던데요."

법왕이 입술을 샐쭉거리며 말했다.

그런 모습이 눈에 또 거슬렸지만 종무외는 애써 외면했다.

"그만큼 인재가 없다는 소리도 될 겁니다."

"아쉽네요. 일전에 우리 아이들이 크게 신세를 졌다고 해서 꼭 만나보고 싶었는데."

묘한 표정으로 웃음을 지은 법왕이 입안 가득 술을 붓고는 한참이나 맛을 음미하다 꿀꺽 삼켰다.

"그나저나 사제는 그를 어찌 상대할 생각인가요?"

"누구를 말하는 겁니까?"

법왕이 언급하는 사람이 누구인지 금방 눈치챘지만 종무외는 시치미를 떼며 반문했다.

"다 알면서 모른 척은. 수호령주가 수하들을 이끌고 당가에 도착했다는군요. 그 과정에서 우리 아이들도 꽤 다친 것 같고."

"아! 그자가 벌써 도착을 했군요."

종무외가 놀랐다는 반응을 보이며 술잔을 들자 법왕의 눈 속 깊은 곳에서 기광이 스쳐 지나갔다.

"사제도 알다시피 그는 정말 강해요. 태산처럼 거대한 사부가 병신이, 아, 실수. 폐인이 되었을 정도니까요. 참,

사부의 행방은 찾았나요?"

"아직 찾지 못한 것으로 압니다."

"이러면 곤란한데."

법왕이 고운 아미를 찌푸렸다.

보통의 남자가 봤으면 심장이 쿵 내려앉을 장면이었으나 종무외는 자기도 모르게 피부를 벅벅 긁어대고 말았다.

"사부가 무사히 돌아오면 대사형께서 곤란해지겠는데요. 사부가 아끼는 사제들이 꽤나 상한 걸로 아는데."

"상관있겠습니까? 이미 돌아올 수 없는 강을 건넜습니다. 그리고 그 사부라는 말 상당히 거슬립니다. 사부라는 자의 손에 목숨을 바칠 정도로 희생했던 사제가 목숨을 잃었습니다. 그자는 더 이상 우리의 사부가 아닙니다."

종무외가 강하게 반발하자 법왕의 입가에 진한 미소가 걸렸다.

"우리라는 말은 좀 그렇네."

"예?"

"사제님의 생각을 내게 강요할 생각은 말라고요. 내가 뭐라 부르든."

법왕의 눈빛에서 섬뜩한 살기를 느낀 종무외가 고개를 숙였다.

"죄송합니다, 사형."

"에이, 그렇다고 사과를 할 것까지는 없어요. 사부가 마음에 들지 않기는 나도 마찬가지니까요. 그래서 대사형을 지지하는 것이고요."

종잡을 수 없는 법왕의 반응에 종무외는 식은땀을 흘렸다.

"사부가 드리운 그늘은 아직 건재해요. 본산에서야 지워졌는지 몰라도 다른 곳은 그렇지 않을 거예요. 본사만 해도 대법존과 백팔존자 중 절반은 사부를 기다리고 있을걸요."

기존 세력에서 어느 정도 반발이 있을 것이란 생각을 하고는 있었지만 예상을 훨씬 뛰어넘는 반응에 종무외가 놀란 표정으로 되물었다.

"그 정도입니까?"

"내가 거짓말할 이유가 없잖아요. 그래도 일단 기선을 제압하는 것엔 성공을 했어요. 대법존 그 노물이 내게 법왕의 자리를 넘긴 것만 봐도 대사형을 두려워하는 것이 틀림없으니까요. 그렇지 않았다면 늙어 죽을 때까지 내게 법왕의 자리를 넘기지는 않았을 거예요. 그러니 명심해요. 사부는 절대로 무사히 돌아오면 안 돼요."

묵묵히 고개를 끄덕이던 종무외가 천진한 표정으로 안주를 먹고 있는 법왕을 가만히 바라보다 입을 열었다.

"방금 전에 어떻게 그를 상대할 것이냐고 물었지요?"

"누구요? 아, 수호령주요? 그래요. 그렇게 물었어요. 좋은 방법이라도 있나요?"

법왕이 입을 가리며 물었다.

"그자의 강함은 사형께서도 아실 겁니다. 그자를 상대하기 위해선 막대한 피해가 발생할 수밖에 없습니다."

"그러니까요. 그것 때문에 고민이에요."

"피해를 감수할 수밖에 없다면 차라리 그를 이용하면 어떨까요?"

"이용이라면……."

뭔가를 눈치챈 것인지 법왕의 고운(?) 눈동자가 반짝반짝 빛났다.

"수호령주를 이용해 사형의 자리를 위협하는 자들을 쓸어버리자는 겁니다."

"늙으면서 눈치만 늘고 더욱 교활해진 자들인데 방법이 있을까요?"

"방법이야 만들면 되겠지요."

"그래요. 어차피 사제는 우리의 힘만으로 그들을 상대하게 만들 생각이었을 테니 세부적인 계획만 조금 바꾸면 가능도 하겠네요. 의심은 확실히 피할 수 있는 좋은 방법으로 부탁해요."

"……."

종무외가 놀란 눈을 치켜뜨자 법왕이 종무외의 팔을 톡치며 웃었다.

"민망하게 뭘 그리 놀래요? 설마하니 사제는 내가 그런 눈치도 없다고 생각했나요? 명색이 마불사의 수장인데 그 정도를 모를까요. 그래도 조금 서운하기는 했어요."

법왕이 엄지와 검지 두 손가락을 살짝 오므리며 미소를 지었으나 종무외는 아무런 말도 할 수가 없었다.

*   *   *

무황성의 수뇌들이 늦은 시각임에도 지존각에 모였다.

강남무림 연합군이 요청한 지원군을 논의하기 위함이었다.

지원군을 보내야 한다는 데에는 별다른 이견이 없었다.

사천무림을 돕기 위해 나섰던 사공세가의 지원군이 허무하게 목숨을 잃었다는 충격적인 소식이 전해진 상황에서 루외루에게 치명적인 타격을 입힐 수 있는 기회는 결코 포기할 수 없는 것이기 때문이었다.

다만 지원군을 보낸다면 누구를, 얼마나 많은 인원을 보내야 하는지에 대해선 서로의 의견이 엇갈렸다.

"다들 아시다시피 본가와 이화검문은 여력이 없소. 세가의 주력 대부분은 빙마곡의 남하를 막기 위해 투입이 되었고 최정예라 할 수 있는 청룡대 역시 사천무림에서 백의종군하고 있소이다."

신도세가의 가주 신도장의 말에 이화검문주 문회가 맞장구를 쳤다.

"맞습니다. 다들 아시다시피 세외사패의 준동이 아니더라도 본가에 우환이 겹친 터라 빙마곡을 막는 것만으로도 벅찹니다. 그나마 천무진천께서 나서주셔서 망정이지 하마터면 큰일 날 뻔했습니다."

문회가 신도세가의 자부심이라 할 수 있는 천무진천 신도충을 언급하자 신도장의 얼굴이 뿌듯함으로 물들었다.

진유검과의 대결에서 패퇴 후, 폐관수련을 하며 십수 년 동안 자신을 괴롭혔던 거대한 벽을 깨뜨리고 새로운 경지에 이른 천무진천은 폐관을 끝내자마자 소림과 개방을 무너뜨린 빙마곡이 여세를 몰아 엄청난 기세로 남하하고 있다는 소식을 접하곤 곧바로 출정을 했다. 그리고 엄청난 활약을 펼치며 빙마곡의 발걸음을 지체시키는 쾌거를 이뤘으니 천무진천과 신도세가에 대한 칭송이 그칠 줄을 몰랐다.

"군사부에서도 그 점을 감안하여 처음부터 지원군에서

배제를 하였습니다. 하니 걱정하지 마십시오."

군사 제갈명이 웃음 띤 얼굴로 말했다.

혹자는 두 가문이 몸을 사린다고 비난을 할지 몰랐지만 현 상황은 그런 행위를 용납할 수 있을 만큼 간단하지 않았다.

신도세가와 이화검문은 그들 말대로 최선을 다해 적들과 싸우고 있었고 새롭게 지원군을 꾸릴 여력이 되지 못했다.

신도세가와 이화검문이 배제되자 좌중의 시선이 자연스레 정의문과 형주유가 쪽으로 향했다.

신도세가가 청룡대를 사천무림을 보낸 것처럼 그들 역시 일당백의 정예들을 낭인천을 막기 위해 투입하였으나 본가엔 아직도 상당한 병력이 남아 있기 때문이었다.

"여력이 되겠소이까?"

성주 대행 희천세가 조심히 물었다.

"보내야 한다면 보내야겠지요. 다른 곳도 아니고 루외루를 잡는 일이라면 없는 병력이라도 만들어서 보내야 할 것입니다."

희천세는 만족한 얼굴로 정의문의 수장을 향해 고개를 돌렸다.

"정의문은 어떻소?"

이미 사대세가 중 가장 세력이 처진다고 알려진 형주유가에서 지원군을 보내겠다고 선언한 마당에 동참하지 않을 수 없었기에 이호연 또한 마지못해 고개를 끄덕였다.

"준비를 하도록 하겠소이다."

"어려운 결정을 해주어 참으로 고맙소이다."

성주의 대행이라고 해도 사실상 권력이 없었던 희천세는 정의문과 형주유가의 수장들이 순순히 지원군을 보내겠다는 결정을 해주자 한시름 놓은 듯한 얼굴이었다.

"하지만 상대는 루외루입니다. 저들이 그동안 보여준 실력을 감안했을 때 여러 장로님들께서도 나서주셔야 할 것입니다."

제갈명의 말에 희천세가 크게 고개를 끄덕였다.

"당연한 말이네. 최선을 다해 도울 것이야."

희천세가 성주 대행이 아닌 무황성의 대장로로서 대답을 했다.

"다들 고맙소. 의당 본가에서 나서야 하지만 개인적인 원한을 앞세우는 것 같아 부끄럽기 짝이 없소이다."

회의가 이어지는 내내 어두운 안색을 하고 있던 사공추가 입을 열었다.

"그런 말씀 마시지요. 그것이 어찌 사공세가만의 원한이겠습니까? 풍전등화의 위기에 처한 사천무림을 구하기 위함인 것을요."

원로 자웅천의 말에 곳곳에서 동조하는 의견이 쏟아졌다.

사천으로 향했던 사공세가의 지원군이 산외산으로 추정되는 자들에 의해 몰살을 당했다는 것은 엄청난 충격이었다.

비단 사공세가만의 자존심이 무너진 것이 아니라 무황성, 나아가 중원 무림의 자존심이 무너진 사건이었다.

사공세가는 그들의 원한을 갚고 무너진 세가의 자존심을 회복시키기 위해 그야말로 최고의 실력자들만을 차출하여 다시금 사천으로 보내기로 결정했다.

출발 준비는 이미 끝난 상태였고 출발 시각은 내일 아침이었다.

만약 사천으로 보낸 지원군이 별다른 탈 없이 당가에 도착하여 활약을 하고 있다면 강남무림 연합군의 요청에 응해 지원군을 보낸 곳은 정의문이나 형주유가가 아니라 당연히 사공세가였을 터. 그것을 모르는 사람은 아무도 없었다.

그때, 부군사 동황이 빠른 걸음으로 제갈명에게 다가왔다.

하얗게 질린 동황의 표정을 보며 제갈명은 심장이 덜컥

내려앉는 것 같았다.

동황이 그런 표정을 지을 때마다 감당키 힘든 사건이 터졌기 때문이었다.

제갈명의 귓가에 대고 뭔가를 보고하는 동황.

이를 이상하게 여기는 사람들이 궁금한 표정을 감추지 못하고 귀를 쫑긋거렸다.

"그, 그것이 사실인가?"

제갈명이 경악으로 부릅뜬 눈으로 물었다.

"예, 당가에 있는 수하들로부터 온 소식입니다."

동황의 말에 희천세가 궁금증을 참지 못하고 물었다.

"당가에서 무슨 소식이 온 건가?"

동황이 멈칫거리며 제갈명의 눈치를 살폈다.

희천세는 그것이 영 못마땅했지만 애써 내색하지 않았다.

제갈명의 허락을 얻은 동황이 신도장의 눈치를 힐끗 살피며 방금 전, 당가로부터 날아온 소식을 차분히 전달했다.

설명이 채 끝나기도 전 신도장의 설낭에 찬 비명과 함께 그의 앞에 놓여 있던 원목 탁자가 그대로 박살이 나 흩어졌다.

탁자 위에 올려져 있던 것은 물론이고 산산조각이 난 탁

자의 파편이 곳곳으로 튀었지만 누구하나 그것을 탓하는
사람이 없었다.

*   *   *

"드디어 기다리던 때가 온 것 같습니다."

남궁진이 서찰을 펼치며 소리쳤다.

"오! 지원군이 도착한다는 소식인가?"

염고한이 반색을 하며 물었다.

"그렇습니다."

"언제쯤 도착한다고 하던가?"

"내일 밤이면 도착한다고 합니다."

"허! 그렇게나 빨리? 생각보다 훨씬 빠르군."

"워낙 좋은 기회다 보니 무황성에서도 많이 서두른 모양
입니다. 행여나 기회를 놓칠 수는 없으니까요."

"정확한 인원은 얼마나 되는 것입니까? 일전에 알려온
것과 변화는 없는 것입니까?"

자운산이 물었다.

"별다른 언급이 없는 것을 보면 그런 것 같습니다."

"뭘 걱정인가? 형주유가와 정의문에서 지원한 숫자가
이백이 넘네. 게다가 열 명이 넘는 무황성의 노고수들까지

합류했다지 않은가? 그만하면 충분하다고 보네."

염고한이 걱정하지 말라는 듯 자신감 넘치는 목소리로
말했다.

"맞습니다. 더구나 문주가 직접 나선 정의문은 사실상
전력을 동원한 것이라 봐도 무방할 것입니다."

번강의 말에 다들 동의하며 고개를 끄덕거렸다.

"아무튼 이 모든 일에 있어 남궁세가의 힘이 절대적이었
습니다. 루외루의 주구들을 심문하여 접촉 방법부터 세세
한 계획까지 알아냈기에 망정이지 제대로 심문하지 못했
다면 모든 것이 틀어질 뻔했습니다. 남궁세가의 노고에 진
심으로 감사를 드립니다."

번강의 칭찬에 남궁학의 어깨에 절로 힘이 들어갔다.

"별말씀을. 번 문주께서 재빨리 도움을 주시지 않았다면
놈들을 무사히 포획할 수도 없었을 것입니다. 당연히 지금
과 같이 좋은 기회를 잡을 수도 없었겠지요."

이번엔 남궁학이 번강의 도움에 감사를 보냈다.

"아직 끝난 것이 아닙니다. 어쩌면 지금부터가 진정한
시작이라 할 수 있을 것입니다. 축배는 계획을 성공한 다
음에 들어도 괜찮을 것입니다."

자운산은 이미 승리라도 거둔 듯 들뜨는 분위기를 가라
앉히려고 애썼다.

"물론입니다. 아직도 해결해야 할 것이 많은데 축배라니요. 당치도 않지요."

번강이 정색을 하며 말을 이어갔다.

"가장 중요한 것은 우리의 병력이 놈들의 이목에 걸리지 않도록 무사히 황부산에 도착해야 한다는 것입니다. 더불어 무황성에서 오고 있는 지원군 또한 의심을 피해야 하는데 걱정입니다."

남궁학이 걱정하지 말라는 표정으로 말했다.

"일단 무황성에서 출발한 지원군이 우리가 아니라 천마신교와 함께 야수궁을 치기 위해 움직이는 것으로 위장을 해두었습니다."

"놈들이 속아 넘어갔습니까?"

철연심이 물었다.

"물론입니다. 지원군이 무황성을 출발할 때부터 야수궁을 토벌한다고 공언을 한 상태니 의심을 할 리가 없지요. 무엇보다 루외루는 제 놈들이 심어놓은 주구들이 우리에게 제압당한 것을 전혀 눈치채지 못하고 있습니다."

"확실한 것이오?"

염고한이 불안한 듯 물었다.

질문 자체가 자신과 남궁세가에 대한 불신이라 여겼는지 대답하는 남궁학의 음성과 표정이 차가워졌다.

"놈들을 구금한 날부터 지금까지 약속된 시간마다 정확히 정보를 교환하고 있습니다. 루외루에선 놀랄 만큼 세부적인 지침까지 계속해서 보내오고 있습니다. 만약 의심이 있었다면 그런 정보를 알려주지는 않겠지요."

"그것이 역……."

염고한은 적의 역공작이라면 어찌하느냐는 말을 하려 했으나 자운산이 얼른 그의 팔을 잡아 말을 막았다.

"현재 놈들이 은신하고 있는 황부산은 무황성의 요원들이 철저하게 감시를 하고 있습니다. 그리고 바로 오늘, 점심 무렵에 일단의 무리들이 황부산으로 숨어들었다고 합니다. 어딘지 모르게 특별한 느낌에 풍기는 기세가 워낙 대단하여 가까지 접근할 엄두를 내지 못했다고 하는데 아마도 루외루의 정예라고 예상됩니다."

자운산의 말에 염고한이 잔뜩 긴장된 얼굴로 물었다.

"루외루 놈들은 아직 제 놈들의 계획이 틀어진 것을 모르는 것이 확실하군. 공격 시점이 언제라고 그랬었나?"

"사흘 후, 자정입니다."

"우리의 공격은 이틀 후니……."

염고한의 말이 끝나기도 전, 자운산이 그의 말을 끊고는 모두를 돌아보며 물었다.

"계획을 조금 바꾸는 것이 어떻겠습니까?"

"계획을 바꾸다니요? 어떻게 말입니까?"

남궁학이 살짝 인상을 찌푸리며 물었다.

"공격 시점을 조금 더 당겼으면 합니다."

"공격 시점을요?"

되묻는 남궁학의 표정이 더욱 굳어졌다.

"애당초 우리가 이틀 후를 공격 날짜로 잡은 것은 루외루보다 하루 빠르게 그들을 공격하기 위함이고 무황성에서 출발한 지원군들의 시간에 맞추기 위함이었습니다. 하지만 지원군이 하루나 빨리 도착하는 상황에서 굳이 시간을 끌 필요는 없다고 생각합니다. 루외루의 병력이 황부산에 도착했다면 지금보다 훨씬 치밀하게 우리를 관찰하려할 가능성이 높습니다."

"들킬 확률이 높다고 보는 것입니까?"

번강이 물었다.

"그렇습니다."

"하면 언제 공격을 하자는 말씀입니까?"

"내일 새벽입니다."

"내일 새벽!"

번강은 물론이고 다들 깜짝 놀란 눈으로 자운산을 바라보았다.

"지원군이 오늘 밤에 도착합니다. 짧지 않은 여정에 다소 지쳤겠지만 그들이 지친 만큼 오늘 낮에 황부산에 도착한 루외루의 병력들 또한 긴장감이 많이 풀어져 있을 겁니다. 공격 날짜가 얼마 남지 않았기에 하루가 다르게 긴장감이 높아질 터. 저들이 가장 방심할 시점인 내일 새벽에 공격을 하면 공격의 효과를 극대화시킬 수 있다고 생각합니다."

잠시의 침묵이 이어졌다.

가장 먼저 침묵을 깬 사람은 자운산의 의견에 다소 불쾌한 감정을 드러냈던 남궁학이었다.

"자 문주님의 생각에 일리가 있는 것 같습니다."

운선장주 효문이 남궁학의 의견에 동조했다.

"같은 생각입니다. 계획이란 것은 시간을 끌면 끌수록 틀어지기가 쉬운 법이지요."

"번 문주는 어찌 생각하는가?"

염고한이 물음에 좌중의 시선이 쏠렸다.

현재 강남무림 연합군에서 가장 강력한 영향력을 자랑하는 번강의 의중에 따라 자운산이 제안한 의견의 운명이 갈릴 것이라 다들 직감했다.

"현 상황에서 가장 현명한 판단이라 여겨집니다."

번강이 씨익 웃으며 말했다.

그것으로 계획은 바뀌었다.

다만 결과가 어찌 될지는 아무도 알지 못했다.

*   *   *

천검문 안쪽 깊숙한 곳에 위치한 전각.

천검문의 중심부와 다소 떨어져 있는 데다가 평소 문주의 휴식처로 사용되었기에 인적이 드문 곳이었지만 오늘만큼은 달랐다.

전각 주변으로 무수한 경비가 세워졌고 전령으로 보이는 이들이 수시로 드나들었는데 특이한 것은 그들의 복색이 천검문의 것과는 확연히 달랐다는 것이었다.

문주의 휴식처라는 이름에 걸맞게 화려함보다는 소박하게 꾸며진 전각 내부는 밖에서 보는 것보다는 제법 여유가 있었는데 강남무림 연합군에서 풀어놓은 요원들에게 노골적으로 자신들의 정체를 드러낸 루외루의 수뇌들이 한자리에 모였음에도 크게 좁다는 느낌이 없을 정도였다.

가장 상석에 앉아 있던 공손무가 옆에 공손히 서 있는 사내, 과거 초진악의 군사로서 천마신교를 장악하는 데 결정적인 기여를 했지만 진유검과 복천회의 공격으로 모든 기반을 잃고 다시금 루외루로 복귀한 혁리건에게 고개를 돌렸다.

"놈들의 공격 시간이 바뀌었다고?"

"예, 방금 전 그로부터 연락이 도착했습니다."

혁리건이 공손히 대답했다.

"언제로 바뀐 것이냐?"

원로 이명이 물었다.

"오늘 밤, 정확히는 새벽이라고 하더군요."

"새벽? 생각보다 너무 빠르군."

이명은 물론이고 주위에 있는 이들 대부분이 같은 반응이었다.

"저들로선 올바른 판단이라고 할 수 있습니다."

혁리건의 말에 이명이 되물었다.

"어째서?"

"우리가 황부산에 도착한 것은 저들도 파악을 하고 있을 것입니다."

"그렇게 요란하게 왔는데 눈치를 못 채면 등신이지."

조유유가 섭선을 살랑이며 비웃었다.

"루외루의 본진이 왔다는 것은 그만큼 경계도 강화되고 성보전 역시 심화된다는 것을 뜻합니다. 천검문 등을 억류하여 우리를 속이고 있다고 여기는 저들로선 시간이 지체되면 그만큼 위험하다고 판단한 것이지요. 형세 판단에 제법 능한 자가 있는 듯합니다."

"명색이 강남무림 연합군이다. 그래도 머리 쓰는 놈이 한두 놈은 되겠지."

조유유의 비웃음이 잦아들 즘 공손무가 다시 물었다.

"놈들이 공격 시간을 앞당겼다는 것은 무황성의 지원군이 그만큼 빠르게 도착한다는 말도 되겠지. 맞느냐?"

"예, 늦은 밤이면 도착을 한다고 합니다. 지원군의 도착과 동시에 공격이 시작될 것 같습니다."

"흠, 새벽이라. 생각보다는 시간이 촉박하구나. 그때까지 놈들을 맞이할 준비를 완벽하게 마칠 수 있겠느냐?"

"며칠 전부터 차분히 준비해 두었습니다. 이미 모든 준비는 끝났습니다."

"벌써? 고생했다."

공손무가 만족한 미소를 지으며 고개를 끄덕이자 곳곳에서 치하의 말이 들려왔다.

"그런데 그자들은 어찌 되는 것이냐?"

조유유가 섭선을 탁 접으며 물었다.

"누구를 말씀하시는 건지요?"

"놈들에게 사로잡혔다는 녀석들. 천검문하고 용봉문, 또 어디더라."

조유유가 고개를 갸웃거리자 공손무의 왼쪽 편에 무표정하게 앉아 있던 공손은이 입을 열었다.

"대도장이요."

"맞다. 대도장. 보잘것없는 놈들이긴 하다만 그래도 우리가 거둬들인 자들인데 그냥 희생을 시키기엔 조금 그렇잖아. 이번 계획을 위해서 나름 애를 썼고."

"걱정하지 마세요. 이미 그들을 구하기 위한 계획은 마련되었으니까요. 또한 그들은 강남무림 연합군의 뒤통수를 칠 변수 중 하나입니다."

차분히 말을 하는 공손은의 얼굴엔 차가운 냉기가 흘렀다.

"잘되었구나. 뭐, 네가 어련히 알아서 잘했겠지."

언니 공손유의 죽음 이후, 얼굴에서 웃음이 사라진 공손은을 공손무는 안타까운 얼굴로 바라보았다.

그것을 아는지 모르는지 공손은은 여전히 무표정한 얼굴로 지도를 가리켰다.

"황부산의 지형을 감안했을 때 저들의 공격로는 두 곳입니다. 이곳과 바로 이곳."

공손은이 천검문으로 이어지는 북쪽 능선과 서남쪽 능선을 가리켰다.

"또한 무황성의 지원군은 아마도 퇴로를 차단하며 포위하듯 공격을 감행하리라 봅니다."

"하면 주 전장은 천검문이 되는 것이냐?"

지도를 바라보던 이명이 물었다.

대답은 공손은이 아니라 혁리건이 대신했다.

"아닙니다. 천검문은 저들을 끌어들일 최후의 미끼 역할을 하게 될 것입니다."

"미끼?"

"예, 놈들의 공격에 무방비로 당하며 패퇴를 하는 천검문과 본 루의 병력 일부를 보게 되면 일말의 의심도 사라질 테니까요."

"하지만 그리되면 천검문의 피해가 너무 크지 않느냐? 대를 위해 소를 희생하는 것은 당연하다지만 너무 일방적인 희생은 좋지 않다."

조유유가 미간을 찌푸리며 말했다.

"걱정하지 마십시오. 놈들의 공격이 시작되기 전, 천검문의 식솔 대부분은 안전한 곳으로 움직일 것입니다."

"하면 천검문에 남은 자들은……."

"적당히 써먹고 버려야 하는 자들로 추려서 남길 생각입니다. 물론 그들은 적들의 공격이 시작된다는 것을 알지 못합니다."

조유유는 혁리건의 계획이 그다지 마음에 들지 않는 듯 입을 다물었다.

혁리건이 조유유의 눈치를 보자 이명이 눈짓으로 설명

을 재촉했다.

"천검문이 미끼 역할을 충분히 하여 적을 이곳까지 완전히 끌어들였을 때 본격적인 섬멸 작전이 시작될 것입니다."

혁리건이 천검문에서 조금 떨어진 곳에 위치한 곳을 가리켰다.

"과거 화전민 부락이 있었던 곳입니다. 넓다고는 할 수 없지만 적들을 쓰러뜨리는 전장으로선 부족함이 없을 것입니다."

"강남무림 연합군은 그렇게 끌어들인다 치고 무황성에서 오는 지원군은 어찌 상대하는 것이냐?"

공손무의 물음에 혁리건이 씨익 웃었다.

"그들도 어차피 이곳으로 몰려올 수밖에 없습니다."

"몰려올 수밖에 없다? 어떻게?"

"토끼몰이를 할 생각입니다."

"토끼몰이? 우리에게 그만한 전력이 있단 말이냐?"

공손무가 의문 가득한 표정으로 물었다.

"토끼몰이라고 꼭 많은 인원이 필요한 것은 아닙니다."

담담히 대답하는 혁리건의 입가에 의미심장한 미소가 지어졌다.

"시간이 되었습니다."

번강의 말에 그렇잖아도 긴장감이 가득했던 회의장의
분위기가 전의로 불타올랐다.

"우선 적들의 이목을 차단해야 합니다."

자운산의 말에 남궁학이 자신만만한 어조로 말했다.

"걱정하지 마십시오. 간자들의 움직임은 이미 완벽하게
간파를 했고 놈들에 대한 공격은 이미 시작되었습니다. 곧
완벽하게 소거가 될 것입니다."

"여기서 황부산까지의 거리는 정확히 사십 리. 서두른다
면 반 시진 정도면 도착할 수 있습니다. 물론 최대한 서둘
렀을 경우 시간을 단축할 수 있겠지만 별다른 휴식 없이
곧바로 공격을 시작하려면 약간의 여유는 두는 것이 좋다
고 봅니다."

자운산이 좌중을 둘러보며 말을 이었다.

"첫 번째 공격 목표는 천검문입니다. 계획대로 공격의
선봉은 남궁세가입니다."

"놈들에게 배신자의 말로를 확실하게 보여줄 것입니
다."

남궁학이 섬뜩한 미소를 지으며 말했다.

배신자의 처단도 처단이지만 이번 기회에 무너진 남궁세가의 위신을 세우기 위해 많은 준비를 한 상태였다.

"대호문에선 퇴로를 차단해 주십시오."

"맡겨주십시오."

철연심이 가슴을 쾅 치며 말했다.

공을 들였던 선봉을 빼앗겼지만 마음에 담아두지 않은 음성이었다.

"천검문은 시작일 뿐입니다. 루외루의 일부 병력이 있다고는 해도 대부분의 인원은 황부산에 은신한 상태입니다. 최대한 빨리 천검문을 제압하고 무황성에서 출발한 지원군과 함께 포위망을 구축해야 할 것입니다."

번강이 자운산의 말을 이어받았다.

"하늘이 준 기회이고 우린 반드시 승리할 것입니다. 하나 루외루의 저력은 가늠하기가 어려울 정도군요. 최선을 다하되 괜한 공명심으로 무리는 하지 않았으면 합니다. 싸움이 끝난 후, 여러분 모두와 함께 이 잔을, 출진의 잔이 아니라 승리의 잔을 들고 싶습니다."

번강이 앞에 놓인 술잔을 들었다.

"노부 역시 같은 생각이오."

염고한이 술잔을 들자 회의실에 모인 모두가 술잔을 들었다.

"무운을!"

번강의 외침에 모두가 잔을 들어 단숨에 비웠다.

잠시 후, 간자들이 모두 제거되었다는 보고를 받자마자 출격 명령을 내린 남궁학을 필두로 최정예로만 구성된 강남무림 연합군이 황부산을 향해 은밀히 움직이기 시작했다.

"저곳이 바로 황부산입니다."

강남무림 연합군을 지원하기 위해 움직인 지원군의 길잡이 역할을 하고 있던 천목의 젊은 요원이 어둠 속에서 모습을 드러낸 황부산을 가리켰다.

중원의 명성 높고 험준한 산에 비할 바는 아니나 황부산 역시 인근에선 그래도 알아주는 산이었고 규모도 작지 않았기에 어둠 속에서 드러낸 모습에선 제법 위압감이 느껴졌다.

"시간은?"

정의문주 이호연이 여유 넘치는 얼굴로 물었다.

"자정이 조금 넘었습니다."

"흠, 자정이라면 늦지는 않았군. 중간에 지체하는 바람에 조금 걱정을 했건만."

"다행히 딱 맞춘 것 같습니다."

이호연의 곁으로 다가온 유언창이 이마에 흐르는 땀을 닦으며 말했다.

"공격이 언제 시작된다고 했지?"

이호연이 함께 동행한 부군사 동환에게 물었다.

"지금쯤 시작되었을 겁니다. 이쪽에서도 어서 호응을 해줘야 합니다."

동환이 약간은 초조한 얼굴로 말했다.

무황성의 부군사라는 지위를 가지고는 있었지만 이렇듯 대규모의 싸움에 직접적으로 나선 적이 없었기에 그런지 긴장감을 감추지 못했다.

"쯧쯧, 자고로 지원군은 극적인 상황에서 나타나야 그 효과가 극대화되는 법. 그렇게 서두를 필요는 없을 것 같은데 안 그런가?"

이호연이 형주유가를 대표해 나선 유언창에게 물었다.

처음부터 나서서 적들과 싸우다 보면 많은 희생자가 발생할 것이니 굳이 그럴 필요 없이 적당히 적당히 퇴로를 차단하고 뒤통수를 치자는 말이었다.

유언창은 이호연의 말뜻을 금방 이해하고 피식 웃음을 터뜨렸다.

"그렇긴 하지요. 더구나 먼 길을 달려오느라 다들 지쳤습니다. 잠시 휴식을 취하는 것도 나쁘지는 않다고 봅니다."

아예 휴식을 취하자는 유언창의 말에 이호연의 눈동자 깊은 곳에서 기광이 일었다.

'확실히 뛰어나. 인물은 인물이야.'

유언창이 형주유가의 가주로 내정된 것은 물론이고 근래엔 차기 무황성 성주 후보 중의 한 명으로 이름이 오르내리는 것이 결코 우연이 아니라는 생각이 들었다.

"그게 무슨 말입니까? 상대가 누군지 잊으셨습니까? 루외루입니다, 루외루. 자칫 시간을 지체하다간 강남무림 연합군이 큰 위험에 처할 수 있습니다."

열 명의 장로, 호법을 이끌고 직접 나선 원로 자웅천이 못마땅한 얼굴로 소리쳤다.

최대한 늦게 공격을 감행하여 자신들 가문의 피해를 최소한으로 줄이고자 하는 이호연과 유언창의 의도를 눈치챈 그의 얼굴엔 분노가 가득했다.

하지만 바로 그 시각, 싸움은 이미 시작된 상태였다.

그 누구도 생각하지 못한 전혀 엉뚱한 곳에서 벌어진 것이었지만.

73장

황부산(黃富山)

"네, 네놈들이 어찌……."

강남무림 연합군의 거의 모든 세력이 황부산으로 떠난 후, 몇 남지 않은 인원으로 진영을 지키던 이하성은 자신을 바라보며 얼굴 가득 비웃음을 짓고 있는 사내들을 믿을 수 없다는 듯 바라보고 있었다.

"왜? 이런 전개는 전혀 예상하지 못했나 보지?"

대도장주 한화가 누군가의 피로 물들은 검을 천천히 움직이며 웃었다.

며칠 동안의 구금과 심문으로 인해 초췌하기 그지없는

몰골이었지만 살기로 번득이는 눈빛만큼은 이전과 다를 바 없었다.

검이 코앞까지 다가왔음에도 이하성은 움직이지 못했다.

한화의 공격으로 이미 치명타를 입은 상태였기에 주변에서 들려오는 수하들의 비명을 들으며 그저 죽음만을 기다릴 뿐이었다.

검이 한화의 목숨을 취하기 일보 직전 죽음의 기운만 가득하던 이하성의 눈동자가 반짝거렸다.

한화의 등 뒤로 조용히 다가오는 사내의 존재를 눈치챈 것이다.

어쩌면 살 수도 있다는, 배신자들을 모조리 쓸어버릴 수도 있다는 희망이 생겼다.

하지만 한화의 등 뒤에 나타난 사내는 이하성의 바람과는 달리 아무런 움직임도 보이지 않았다.

한화의 검이 이하성의 목을 파고들었다.

비명은 터져 나오지 않았다.

'어… 째서?'

숨이 끊어지는 순간까지도 이하성은 한화의 등 뒤에 나타난 사내가 어째서 공격을 하지 않은 것인지, 또 그 입가에 머문 미소가 무슨 의미를 지닌 것인지 이해를 하지 못했다.

*　　　　*　　　　*

　남궁학의 이글이글 타오르는 눈동자가 엷은 안개에 잠겨 있는 천검문을 향했다.

　황부산에 접어들면서 경계병을 몇 차례 만나기는 했지만 신속하고 은밀히 제압한 덕분에 적의 이목을 완벽하게 숨기고 목표인 천검문을 코앞에 둘 수 있었다.

　이제는 그동안 억눌렀던 감정을 마음껏 풀 시간이었다.

　남궁학이 어깨 위로 팔을 뻗어 주먹을 불끈 움켜쥐었다.

　선봉에 선 남궁세가의 무인들이 흥분을 감추지 못하고 명이 떨어지기만을 기다렸다.

　"공격하랏!"

　나직하면서도 묵직한 힘이 깃든 명령이 떨어지자 땅에 떨어진 명예를 회복하기를 고대하던 남궁세가의 무인들이 일제히 뛰쳐나갔다.

　대원로 남궁판과 장로 남궁연이 동시에 날린 장력이 천검문의 단단한 정문을 단숨에 날려 버렸다.

　정문을 지키고 있던 서넛의 경계병이 충격의 여파에 휘말려 비명도 지르지 못하고 쓰러졌다.

순식간에 정문을 돌파한 남궁세가의 무인들은 아직 영문도 모른 체 졸린 눈을 비비며 쏟아져 나오는 자들을 마음껏 도륙했다.

그들이 쏟아낸 피가 밤안개를 흠뻑 적실 때야 비로소 상황을 인식한 천검문과 그곳에 머물고 있던 자들이 반격을 시작하고 곳곳에서 치열한 격전이 벌어졌으나 남궁세가가 정문을 돌파하는 것을 시작으로 사방에서 밀어닥친 강남 무림 연합군의 힘은 대단했다.

정문이 박살 나고 고작 일각여가 흘렀을 때 천검문에서 전투가 계속되는 곳은 단 한 곳뿐이었다.

"막아랏! 물러서지 말고 포위망을 좁혀!"

대호문주 철연심은 엉거주춤 물러나는 수하들을 향해 악을 써댔다.

악을 쓸 때마다 얼굴을 대각선으로 가로지르며 교차한 상처에서 진한 핏물이 배어 나왔다.

철연심은 상처에서 흘러나온 피가 상체를 붉게 물들였음에도 지혈할 생각을 하지 않고 도주하는 적을 잡기 위해 전력을 기울였다.

그의 외침에도 불구하고 포위망은 이미 포위망으로서의 기능을 완전히 잃었다.

그럴 만도 한 것이 대호문이 상대한 자들은 버린 패로

쓰인 자들이 아니라 루외루의 고수들이었다.

강남무림 연합군의 움직임을 정확히 파악하고 있던 그들은 공격이 시작되자 곳곳에서 싸움을 독려하다가 어느 시점에 이르러 퇴각을 시작했는데 그 방향이 하필이면 대호문이 지키는 곳이었다.

천검문에서 머물던 루외루의 수장들은 대다수가 이미 천검문을 떠났고 남아 있는 인원 또한 몇 되지 않았지만 개개인의 실력은 차원이 달랐다.

특히 그들을 지휘하는 장로 황인효의 실력은 애당초 철연심이 감당할 수 있는 수준이 아니었다.

만약 황인효가 작심을 하고 손을 썼다면 철연심의 목숨은 이미 떨어졌을 것이나 적당히 상처만 입힌 것은 자존심 상한 철연심이 물불을 가리지 않도록 만들기 위함이었다.

상처를 치료할 생각도 없이 미쳐 날뛰는 철연심을 보았을 때 황인효의 의도는 어느 정도 성공을 거둔 듯했다.

"대승입니다."

선봉으로서 완벽한 역할을 해낸 남궁학이 약간은 상기된 얼굴로 소리쳤다.

"다행이구나. 생각보다 큰 피해 없이 적을 섬멸했어."

남궁판이 흡족한 표정으로 고개를 끄덕였다.

"어르신들께서 애쓰신 덕분입니다."

남궁학이 남궁판을 비롯하여 이제는 몇 남지도 않은 세가의 어른들을 향해 고개를 숙였다.

"우리가 뭘 한 것이 있다고."

"놈들의 이목을 완벽하게 속인 것이 주효한 듯싶군."

"그동안 긴장을 한 것이 억울할 정도야."

연이어 승리를 자축하는 말들을 주고받을 때 철연심이 초췌한 모습으로 나타났다.

"철 문주! 그 얼굴은……."

남궁학이 얼굴에 섬뜩한 상처를 달고 나타난 철연심을 보며 흠칫 놀랐다.

"놈들에게 당했습니다."

철연심이 면목 없다는 얼굴로 말했다.

"놈들이라면……."

"실력으로 보건대 천검문에 숨어 있던 루외루 놈들로 보입니다."

철연심의 부상에 걱정하던 남궁학이 미간을 확 찌푸렸다.

"놈들이 탈출했다는 것입니까?"

"면목 없습니다."

철연심이 다시금 고개를 떨궜다.

"몇 놈이나 탈출을 한 것인가?"

남궁판이 물었다.

"열다섯에서 스물 사이입니다."

"흠, 생각보다 숫자는 많지 않지만 그들이 루외루 놈들이 맞다면 안타까운 일이군. 확실히 제거를 했어야 했는데."

남궁판이 혀를 차며 은근히 철연심을 질책하자 남궁연이 고개를 저었다.

"조금 전, 루외루의 제자로 보이는 자와 손속을 겨뤄보았고 놈의 목을 베는 데 성공을 하기는 했지만 실력이 만만치 않았습니다. 그런 자들이 모여서 탈출을 감행했다면 막기가 쉽지는 않았을 겁니다."

자신을 두둔해 주는 남궁연을 향해 눈인사를 한 철연심이 한숨을 내쉬었다.

"확실히 강했습니다. 야수궁의 늙은이들과도 일전을 벌여보았지만 확실히 루외루에 비할 바는 아닙니다."

철연심은 자신이 황인효에게 농락을 당했음을, 어쩌면 목숨을 적선받았을지도 모른다는 사실을 언급하는 대신 아직도 피가 배어 나오는 얼굴의 상처를 쓰다듬었다.

그런 철연심을 보곤 남궁학과 남궁세가의 수뇌들은 더

이상 쓴소리를 늘어놓지 않았다.

누구보다 호전적이고 실력 또한 뛰어난 철연심이 큰 부상을 당하면서도 막지 못했다는 것은 그만큼 루외루의 실력이 뛰어나다는 것을 의미했고 더 이상의 질책은 오히려 역효과만 불러올 것이 뻔했기 때문이다.

"천검문을 정리했으니 여세를 몰아 바로 공격을 하는 것이 좋겠습니다. 탈출에 성공한 자들이 있으니 놈들도 우리가 공격을 했다는 것을 알고 있을 것입니다. 아니, 그들과는 상관없이 이런 소란에 모른다는 것은 말이 되지 않겠지요."

남궁학이 천검문 뒤쪽, 어둠속에서 드러난 황부산의 능선을 바라보며 말했다.

"저쪽도 이미 시작된 모양이다."

남궁판이 은은히 들려오는 함성과 비명 소리에 귀를 쫑긋거리며 말했다.

"자, 서두르자. 이번 싸움의 주역은 우리다."

남궁학이 검을 치켜세우자 남궁세가 제자들이 함성으로 이에 호응했다.

그들이 내지르는 거대한 함성이 천검문, 나아가 황부산 전체를 뒤흔들었다.

황부산 왼쪽 능선의 모처.

주변이 아비규환으로 변해가는 것과는 달리 루외루의 수뇌들이 모여 있는 곳은 여유롭기만 했다.

"어서 오시게. 고생했네."

공손무가 빠른 걸음으로 다가오는 황인효를 향해 술잔을 들었다.

"고생이랄 것도 없었습니다."

태연스레 응수한 황인효가 술잔을 받아 들고 단숨에 잔을 비웠다.

"보고에 의하면 천검문을 공격한 놈들의 포위망이 제법 견고하다고 했습니다. 피해는 어느 정도나 되는 것입니까?"

혁리건의 물음에 황인효가 살짝 미간을 찌푸리며 말했다.

"대여섯 정도 되는 것 같다. 노부와 탈출할 때는 별문제 없었지만 그 전에 당한 듯하다."

황인효는 그만한 피해도 아깝다는 표정이지만 혁리건은 물론이고 여러 수뇌들의 표정은 밝기만 했다.

"남궁세가와 대호문의 포위 공격을 받고도 그 정도라면

피해라고 할 수도 없는 것이지. 애썼네."

공손무가 다시금 술잔을 건넸고 황인효는 사양하지 않고 연이어 술잔을 비우다 뭔가 생각났는지 혁리건을 향해 고개를 돌렸다.

"상황은 어찌 돌아가고 있는 것이냐? 노부가 이곳으로 오는 길에도 제법 많은 적들을 보았다."

"겉으로 보기엔 치열한 접전을 벌이고 있습니다만 그 또한 미끼일 뿐입니다. 조금씩 퇴각을 하며 적을 함정으로 끌어들이고 있습니다."

차분히 설명하는 혁리건의 태도는 자신만만했다.

"피해가 크지 않겠느냐?"

"완벽한 승리를 위해서라도 피해는 어느 정도 감수할 수밖에 없습니다. 그래도 은검단이 그들을 지원하며 최대한 피해를 줄이고 있으니 너무 걱정하지 마십시오."

혁리건의 말에 딱히 흠을 잡을 수 없었는지 황인효는 더 이상 질문을 하지 않았다.

"참, 청송에게선 연락이 왔느냐? 무황성의 지원군이 황부산에 도착한 것으로 아는데."

공손무가 물음에 혁리건의 시선이 공손은에게 향했다.

"예, 방금 전에 전령이 다녀갔습니다. 토끼몰이를 시작하겠다고 하더군요."

공손은의 차분한 대답에 공손무가 너털웃음을 터뜨렸다.

"허허허! 잘해낼지 걱정이구나. 토끼치고는 꽤나 사나운 데다가 숫자도 많아서."

"걱정하지 마세요. 그 토끼 따위엔 눈 하나 깜짝하지 않는 맹수들이 움직였으니까요."

청송과 금검단이 은밀히 몸을 숨기고 있는 곳을 향해 시선을 돌린 공손은의 입가엔 의미심장한 미소가 걸려 있었다.

"준비는?"

청송의 물음에 금검단 수석 조장 조표가 앞으로 나섰다.

"명만 기다리고 있습니다."

"우리의 목표는 놈들을 함정으로 몰고 가는 것이니 괜히 무리해서 공격을 하다 피해를 입는 짓은 하지 마라."

"걱정하지 마십시오. 하늘까지 돕고 있는데 어설프게 드잡이할 생각은 없습니다."

조표가 황부산 중턱까지 짙게 드리운 안개를 가리키며 씨익 웃었다.

"그런데 산이 제법 넓고 큽니다. 준비한 몽환연(夢幻燃)으로 충분할지 모르겠습니다."

"상관없다. 아군이 피해를 당할 수 있다는 것을 감안한다면 그 정도 양이면 충분할 것이다. 어차피 놈들에게 심리적인 타격과 혼란을 주기 위해 준비한 것이니까."

"그럼 바로 시작하겠습니다."

"그래."

청송의 허락이 떨어지고 잠시 후, 황부산 초입 곳곳에서 모닥불이, 아니, 정확히 말하자면 모깃불이 피어올랐다.

모깃불에서 뭉클뭉클 뿜겨져 나온 연기는 황부산을 덮고 있는 안개와 하나가 되어 사방으로 퍼져 나가기 시작했다.

"곳곳에서 치열한 격전이 벌어지고 있는 듯합니다. 서둘러야 하지 않겠습니까?"

동환이 연이어 날아드는 전서구를 확인하며 지원군을 이끌고 있는 이호연에게 물었다.

"그래야 할 것 같군."

동환의 말이 아니더라도 이미 날카로운 감각을 통해 곳곳에서 싸움이 시작되었음을 느끼고 있던 이호연이 크게 고개를 끄덕였다.

그러면서도 수하들에겐 딱히 서두르라는 명을 내리지 않았다.

느긋하던 걸음을 조금 더 빨리할 뿐이었다.

그런 이호연을 보며 동환은 입술을 꽉 깨물었다.

조금 전, 유언창과의 대화를 듣고 눈치를 챘지만 이들은 서두를 생각이 없는 듯 보였다.

어차피 황부산은 강남무림 연합군에 의해 완전히 포위된 상황이라 도착이 조금 늦는다고 해도 대세에는 지장이 없을 터였다.

강남무림 연합군을 지원은 하되 가문의 손실을 최소화할 생각인 것이다.

'지원군을 기다리며 전력을 다할 강남무림 연합군의 피해는 기하급수적으로 커지겠지만.'

동환은 자신들의 피해를 줄이겠다고 얄팍한 수를 쓰는 이호연 등을 극도로 혐오했지만 내색하지는 못했다.

문득 한 가지 생각이 머리를 스쳤다.

'설마 형산파의 문주를 견제하려는 것인가?'

차기 무황으로 유력했던 남궁결이 목숨을 잃은 후, 강남무림 연합군을 사실상 이끌고 있는 번강의 명성은 하루가 다르게 높아지고 있었는데 그동안 알려지지 않은 뛰어난 무공 실력까지 드러나며 차기 무황으로 거론될 정도였다.

진유검이 향후 백 년간 사대세가에서 무황의 자리를 노리지 못하게 만들었지만 차기 무황으로 가장 유력한 후보였던 남궁결이 목숨을 잃으면서 상황이 묘하게 변했다.

사대세가가 큰 공을 세운다면 어쩌면 수호령주의 결정이 철회될 수도 있다는 말들이 나오고 있었기 때문이었다.

'지나친 억측일 수도 있겠지만 차기 무황의 자리를 노리는 사대세가라면 번강의 존재를 껄끄럽게 생각할 가능성도 충분하다.'

동환은 서둘러야 한다는 말이 무색하게 여전히 느긋이 걸음을 옮기는 이호연의 뒷모습을 바라보며 자신의 생각이 틀림없음을 확신했다.

앞서 가던 이호연이 고개를 홱 돌렸다.

동환은 이호연이 자신의 내심을 눈치챈 것은 아닌지 착각하여 흠칫 놀랐다.

"무, 무슨 일이신……."

이호연은 동환의 더듬거리는 말 따위는 신경도 쓰지 않고 길게 늘어선 지원군의 후방을 바라보고 있었다.

그가 바라보고 있다는 것을 알기라도 하듯 뒤쪽에서 따라오던 형주유가에서 전령이 달려왔다.

"무슨 일인가?"

근래 들어 다시금 차기 무황의 후보로 거론되고 있는 이유가 소리치듯 물었다.

"적들의 공격이 시작된 것 같습니다."

"무슨 소린가, 적이라니?"

이유가 황당하다는 표정을 지으며 되물었다.

적들이 지원군의 존재를 눈치라도 채고 매복을 할 수도 있다는 가정하에 수많은 척후들을 풀어 주변을 샅샅이 훑었고 그 어느 곳에서도 적의 흔적을 찾지 못했기 때문이었다.

"산 아래에서 연기가 올라오고 있습니다."

"연기?"

"그렇습니다. 은밀히 접근한 연기가 안개에 뒤섞이고 있습니다."

"그 연기가 수상하다는 말이더냐?"

이호연이 심각한 표정으로 물었다.

"그렇습니다."

"독이냐?"

"중독자가 나오지는 않고 있습니다만 분명 그럴 것이라 예상하고 있습니다."

"아마도 독일 것이다. 아직 중독자가 나오지 않았다는 것은 놈들이 태운 독이 연기에 섞여 날아오는 과정에서 위력이 다소 약해졌기 때문일 것이고. 하지만 곧 큰 위협이 되겠지. 그래, 우리가 무엇을 해야 하느냐?"

"최대한 빨리 이동을 해주시길 부탁하셨습니다."

"당연… 하겠지."

그럴 줄 알았다는 듯 고개를 끄덕이는 이호연의 표정이
과히 좋지 않았다.

공격이 시작되었다는 것은 적들도 이미 그들의 공격을
눈치채고 있다는 것이다.

척후들의 활약으로 아직까진 별다른 매복이나 기습 공
격이 없었으나 앞으로도 그리된다는 보장이 없었다. 더구
나 정체 모를 연기가 접근하는 상황에서 척후들과 원활히
정보를 주고받으며 이동할 여유는 없었다.

일단은 최대한 빨리 능선을 넘어 연기의 영향력에서 벗
어나야 했다.

문제는 적들이 그 기회를 결코 놓치지 않을 것이고 그렇
다면 결국 뒤쪽에 있는 형주유가보다는 앞선 자신들이 훨
씬 많은 공격을 받을 게 뻔하다는 것이었다.

하지만 어쩔 수 없었다.

자칫 지체를 하다간 적들과 마주하기도 전에 정체 모를
연기에 피해를 당할지도 모르는 상황이었다.

"유야."

"예, 아버님."

"서둘러야겠다. 네가 앞장서거라."

"알겠습니다."

심각한 표정으로 고개를 숙인 이유가 앞으로 뛰쳐나가며 손짓을 하자 번개 같은 움직임으로 따라붙는 자들이 있었다.

이유와 비슷한 연배로 장차 정의문의 핵심이 될 고수들이었다.

그들을 따라 정의문의 제자들이 일제히 이동을 시작했다.

"우리가 길을 뚫을 것이니 서두르라 하게. 연기에 특히 주의하고."

"알겠습니다."

다급히 물러나는 전령을 잠시 바라보던 이호연과 동환도 빠르게 움직이기 시작했다.

"어찌 생각하나?"

이호연이 속도를 줄이지 않고 고개만 살짝 돌려 물었다.

"밑에서 올라오는 연기가 적이 피운 것이 확실하다면 놈들이 진즉부터 우리를 기다리고 있었다고 봐야 할 것입니다. 척후들의 눈까지 피해 은밀히 대기를 하고 있다가 우리가 산에 오른 것을 확인하고 연기를 피운 것이지요."

"함정이란 얘기로군."

"아마도요."

동환이 무겁게 고개를 끄덕이며 말을 이었다.

"중요한 것은 저들이 어디까지 파악을 하고 있는 것이냐는 것입니다. 지원군이 야수궁을 치려는 것이 아니라 이곳 황부산으로 목표로 하고 있다는 것을 정확히 파악을 하고 있었다면……."

"강남무림 연합군의 공격까지 눈치채고 있을 가능성이 높겠군."

"그렇습니다. 만약 그리된다면 황부산은 저들을 섬멸하기 위한 장소가 아니라 오히려 우리를 섬멸하기 위해 놈들이 판 함정이 될 것입니다."

"자네의 생각은 어떤가?"

잠시 머뭇거리던 동환이 한숨을 내쉬며 말했다.

"역시 후자일 가능성이 높다고 봅니다."

"어째서?"

"아맹초 이 계획의 성패는 루외루가 천검문, 대도장 등 수족으로 부리던 자들의 정체가 밝혀진 것을, 그래서 그들을 구금하고 역공작을 펼친 강남무림 연합군의 의도를 눈치 채느냐 그렇지 못하느냐에 달려 있었습니다."

"눈치를 챘다고 보는군."

"그렇지 않기를 간절히 바랐지만 결과적으로 그렇게 된 것 같습니다."

"최악이군."

이호연이 낭패스러운 표정으로 입술을 꽉 깨물었다.

그의 말을 기다렸다는 듯 비명이 터져 나왔다.

비명이 들린 곳은 길을 뚫기 위해 전력을 집중시킨 전방이 아니라 엉뚱하게도 후방, 지원군 행렬의 정확히 중간 지점에서 발생했다.

비명 소리를 들은 이를 깨달은 이호연의 눈빛이 크게 흔들렸다.

매복에 걸린 것도 심각한 문제였지만 척후들은 물론이고 지원군의 그 누구도 적들의 매복을 눈치채지 못했다는 실로 경악을 금치 못할 문제였다.

그만큼 매복을 한 자들의 실력이 뛰어나다는 것이었고 그런 실력자들이라면 지금 상황에서 오직 루외루의 고수들뿐이기 때문이다.

이것으로 확실해졌다.

적은 완벽하게 함정을 파고 강남무림 연합군을, 무림맹의 지원군을 불러들인 것이다.

이를 깨달은 이호연과 동환의 낯빛이 하얗게 변했다.

*　　　　*　　　　*

"공격, 공격하랏!"

세가의 무인들을 독려하는 남궁학의 음성은 그 어느 때보다 힘찼고 흥분으로 가득했다.

천검문에서의 완벽한 승리를 거두고 이후에도 적들이 준비한 모든 매복을 간단히 무력화시키며 연전연승을 하고 있었기에 남궁세가의 사기는 하늘을 찌를 정도였다.

"대단한 줄은 알고 있었지만 막상 겪어보니 생각보다 훨씬 더 대단합니다. 가주는 물론이고 세가의 어른들마저 목숨을 잃은 상황에서도 저 정도의 무력을 보여줄 줄은 상상도 못 했습니다. 남궁세가는 과연 남궁세가로군요."

아직은 경험이 부족한 철연심을 뒤에서 묵묵히 지원하던 대호문의 대장로 우금은 적들의 공격을 무자비할 정도로 박살 내며 거침없이 전진하는 남궁세가의 기세에 놀라움을 감추지 못했다.

남궁세가와 함께 천검문을 공격하고 이후에도 계속 보조를 맞추고 있었지만 남궁세가의 기세가 워낙 대단하다 보니 그다지 할 일이 없었다.

"손실이 없는 것은 환영할 만한 일이었지만 이러다가 고생은 고생대로 하고 모든 공을 남궁세가에 빼앗기지나 않을까 걱정이 됩니다."

우금의 우려 섞인 말에 철연심은 단호히 고개를 저었다.

"진정한 싸움은 아직 시작도 하지 않았습니다. 지금 남궁세가가 공략한 놈들은 잔챙이에 불과한 놈들이지요. 루외루의 수족 중에서도 하급으로 보입니다."

"그 말씀은……."

"대장로도 조금 전에 겪어보지 않으셨습니까? 우리의 포위망을 간단히 무너뜨린 놈들은 저런 비루한 놈들과는 차원이 다른 고수들이었습니다. 그놈들이 모습을 보일 때 비로소 진정한 싸움이 시작된 것이지요. 바로 그때 우리의 힘을 제대로 보여줄 것입니다."

흉측할 정도로 깊게 파인 얼굴의 상처를 가만히 쓰다듬으며 전의를 불태우는 철연심을 보며 우금은 그가 이번 싸움을 통해, 특히 루외루의 노고수에게 당한 무참한 패배로 인해 크게 성장했음을 느낄 수 있었다.

남궁세가가 아무리 활약을 하고 있다고 해도 누구보다 급하고 호전적이던 철연심이 적을 눈앞에 두고 지금처럼 침묵을 지키며 냉철하게 전장을 살피는 것이 그것을 증명하는 것이었다.

그렇게 대화를 나누며 이동하는 사이 주변의 빽빽하던 수목이 사라지고 갑자기 확 트인 개활지가 나타났다.

과거 화전민들이 일군 마을, 루외루의 수뇌들이 승부를 끝낼 장소로 낙점한 바로 그곳이었다.

개활지에선 먼저 도착한 남궁세가가 적들과 어울려 치

열한 싸움을 펼치고 있었는데 더 이상 물러설 곳이 없다고 여긴 것인지 적들의 저항이 대단했다.

한데 개활지에 도착한 이들은 그들만이 아니었다.

수많은 강줄기가 하나로 합쳐지듯 곳곳에서 적들이 모습을 보였고 그들이 나타난 뒤에는 어김없이 그들을 쫓는 강남무림 연합군의 모습이 보였다.

그렇게 모여든 이들로 인해 개활지는 순식간에 포화 상태가 되었다.

철연심은 그 상황에서 냉정함을 유지한 채 적들의 면면을 날카로운 눈빛으로 살폈다.

그리고 어느 순간, 눈빛에 살기가 맴돌기 시작했다.

'찾았다, 늙은이!'

철연심은 주변에서 벌어지는 싸움과는 별개인 듯 여유로운 모습으로 서 있는 노인들 중 그에게 씻을 수 없는 상처를 남겨준 황인효를 발견하곤 무기를 쥔 손에 힘을 주었다.

바로 그때, 개활지를 뒤흔드는 휘파람 소리가 들려왔다.

휘이이익!

철연심은 휘파람의 주인이 황인효 바로 곁에 있던 노인이라는 것을 바로 눈치챘다.

'으음.'

철연심의 안색이 어두워졌다.

단순한 휘파람에 불과했지만 휘파람에 담긴 내공의 힘은 상상을 초월할 정도였다.

그토록 치열하게 펼쳐지던 싸움이 일시에 멈추고 내력이 약한 자들은 가슴을 부여잡고 쓰러지는 자들이 속출했다.

강남무림 연합군의 거센 공격에 고전을 면치 못하던 이들이 잠깐의 틈을 이용해 황급히 물러나자 그들에게 맹공을 퍼붓던 강남무림 연합군이 개활지를 완전히 에워쌌다.

포위망이 완벽하게 갖춰지자 남궁학이 거만한 웃음을 지으며 한걸음 나섰다.

"도망칠 곳은 더 이상 없다. 지금이라도 항복을……."

"닥치고."

승리감에 도취된 남궁학의 말은 방금 전, 사자후와 같은 휘파람을 불었던 조유유에 의해 끊어졌다.

남궁학이 당혹스러운 얼굴로 조유유를 바라보았지만 섭선을 살랑거리며 주변을 돌아보던 조유유는 뭔가 마음에 들지 않는 듯 어딘가를 향해 크게 소리쳤다.

"달빛이 밝다고는 하나 그래도 너무 어둡잖아. 황천길 보내기 전에 낯짝이라도 제대로 봐둬야지."

말이 끝나기가 무섭게 개활지 곳곳에서 화톳불이 치솟아 주변을 환히 밝혔다.

그것을 본 강남무림 연합군의 수뇌들은 자신들의 계획과는 다르게 뭔가 일이 잘못되고 있음을 느끼기 시작했다.

"지금부터 노부가 죽을 자리를 찾아 이곳까지 오느라 고생한 너희들에게 세 가지 선물을 주도록 하마."

씨익 웃은 조유유가 살랑이던 섭선을 탁 접으며 북쪽 방향을 가리켰다.

"첫 번째는 네놈들이 오매불망 기다리는 지원군이다. 하지만 생각보다는 상태가 좋지 못할 게다. 쥐새끼들처럼 다가오다 고생을 좀 했을 테니까."

조유유의 말이 끝나기가 무섭게 북쪽 방향에서 일단의 무리들이 개활지로 쏟아져 들어왔다.

강남무림 연합군을 지원하기 위해 나선 무황성의 지원군이었다.

한데 꼴이 말이 아닌 것이 조유유의 말대로 상당한 고생을 한 모양이었다.

이백에 육박하던 인원도 어느새 절반으로 줄어들었고 하늘을 찌를듯하던 기세 또한 온데간데없었다.

초췌한 모습으로 등장한 지원군에 놀랄 사이도 없이 조

유유의 말이 이어졌다.

"두 번째는 바로 저들이지."

조유유가 가리킨 방향에서 또다시 일단의 무리들이 모습을 보였다.

"처, 천검문과 대도장!"

"용봉문까지!"

"구, 구금되어 있어야 할 네놈들이 어찌!"

그들이 정체를 알아본 이들의 입에서 비명과도 같은 외침이 터져 나왔다.

"네, 네놈들을 지키던 이들은 어찌 되었느냐?"

번강이 떨리는 음성으로 물었다.

구금한 적들을 감시하기 위해 남겨둔 인원의 대다수는 강남무림 연합군 중 몸이 좋지 못한 이들이었지만 만약을 대비해 형산파의 제자들도 함께 남겨두었기 때문이었다.

"살려두었을 것 같으냐?"

차갑게 비웃은 대도장주 한화가 피로 물들은 사내 한 명을 던졌다.

"그래도 체면 불고하고 목숨을 구걸한 놈은 하나 살려두었다. 산다고 해도 병신을 면하긴 힘들 테지만."

번강은 한화가 피투성이로 던져진 사내가 사제 신홍임을 확인하곤 노호성을 터뜨렸다.

"절대로 용서치 않을 것이다!"

"제가 살펴보도록 하겠습니다."

의술에도 나름 조예가 깊던 자운산이 황급히 신홍을 안아들었다.

"살아 돌아갈 생각은 하지 마라."

번강은 한화를 향해 거친 살기를 계속해서 드러냈다.

"진정하시게. 저네가 홍분하면 안 되네. 이것이야말로 놈들이 노리는 것이야."

염고한이 번강을 달래고 나섰다.

혼란에 빠진 강남무림 연합군의 수뇌들을 느긋하게 바라보던 조유유가 섭선을 탁 치며 주위를 상기시켰다.

"소란을 떨더라도 마지막 선물이 무엇인지 듣기나 하고 소란을 떨거라. 우리가 주는 마지막 선물은."

조유유가 섭선을 든 손을 쫙 펴더니 주변을 빙빙 돌리며 가리켰다.

마침내 섭선이 멈추고 그의 입에서 아쉬움 가득한 음성이 흘러나왔다.

"아쉽구나. 네놈들 따위를 상대하기 위해서 준비한 패는 아닌데 말이다."

모두의 시선이 조유유의 섭선을 따라 움직였다.

그 섭선의 끝에서 누구도 상상치 못한 일이 벌어지고 있었다.

"자, 자네가 어찌!"

염고한은 자신의 가슴을 파고든 손을 붙잡고 경악성을 내질렀다.

부릅뜬 두 눈엔 불신의 빛이 가득했다.

"미안하게 됐소."

약간은 씁쓸한 표정으로 대꾸를 한 번강이 염고한의 마지막 숨을 그대로 끊어버렸다.

염고한이 비명도 지르지 못하고 쓰러질 때 자운산 또한 그가 살피던 신홍에 의해 치명적인 부상을 당했다.

피 칠갑을 한 겉모습과는 달리 신홍의 몸에 별다른 이상이 없는 것을 의심하던 찰나에 벌어진 일이기에 그나마 간신히 목숨을 구한 것이다.

번강이 염고한의 목숨을 거두며 자신의 존재를 드러낸 순간, 그가 장악한 형산파 제자들 역시 동시다발적으로 공격을 감행했다.

공격받은 이들의 대다수는 갑작스럽게 벌어진 상황에 어찌해야 할지 갈피를 잡지 못하고 있던 강남무림 연합군이었지만 아직 번강 일당에게 포섭되지 않은 일부의 형산파 제자들 또한 방금 전까지만 해도 믿어 의심치 않던 사형제들에게 공격을 받고 허망하게 목숨을 잃고 말았다.

강남무림 연합군에게 벌어진 최악의 참상은 반격을 걱정한 번강과 형산파 제자들이 재빨리 후퇴를 하며 일단 진정세로 접어들었다.

하지만 그들이 강남무림 연합군에 안긴 충격은 쉽사리 가라앉을 것이 아니었다.

"다른 사람도 아니고 네놈이 간자였을 줄이야! 우린 그것도 모르고……."

번강을 차기 무황으로 만들기 위해서 은연중 여론을 조성하고 있던 운선장주 효문은 감당키 힘든 배신감에 치를 떨었다.

"천하의 형산파가 어찌해서 루외루 따위의 주구로 전락을 했단 말이냐! 네놈들은 부끄럽지도 않느냐?"

남궁판이 형산파의 제자들을 노려보며 소리쳤다.

남궁판의 호통에 그나마 양심이 남아 있던 몇몇 원로들과 제자들은 얼굴을 붉히며 고개를 돌렸지만 대다수의 인원은 별다른 반응을 보이지 않았다.

번강이 형산파의 장문에 오른 지 십수 년, 이미 그의 의견에 반기를 내걸 만한 사람은 온갖 이유로 인해 숙청이 되었고 아직 정리가 되지 않은 제자들은 본산에 남아 있거나 이하성처럼 천검문과 대도장 등을 구금하는 데 동원되었다가 제거되었기 때문이었다.

"쯧쯧, 아직도 정신을 차리지 못했군. 지금은 부끄러움 따위를 운운하기 전에 살길을 모색하는 것이 우선일 텐데."

차갑게 비웃은 조유유가 손을 휘둘렀다.

피리리릿!

그의 손에 들렸던 섭선이 묘한 파공성을 내며 나비처럼 너울너울 날기 시작했다.

비행하는 모양새는 나비와 같았지만 허공을 가르는 속도는 섬전보다 빨랐다.

우아한 호선을 그리며 적진을 헤집고 다니던 섭선이 조유유의 손으로 되돌아왔을 때 무려 십여 명이 넘는 인원이 목을 부여잡고 비틀거렸다.

그것을 신호로 강남무림 연합군의 포위망에 갇혀 있던 루외루와 수족들이 일제히 역공을 펼치기 시작했다.

형산파의 배신으로 무사히 구금에서 풀려난 천검문과 대도장, 용봉문의 병력이 포위망 외곽에서 이에 호응하고 마지막으로 연기와 연기에 스며든 독에 놀라 서둘러 이동하던 부황성의 지원군을 온갖 방법을 이용하여 막대한 피해를 안긴 금검단까지 모습을 드러내자 전장은 그야말로 아수라장으로 변해 버렸다.

포위망을 구축했다고 여겼지만 오히려 적의 포위망에

갇힌 셈이 된 강남무림 연합군과 무황성의 지원군은 극도의 혼란에 빠졌는데 남궁결의 죽음 이후, 강남무림 연합군을 사실상 이끌었던 번강과 형산파의 배신은 정신적 충격도 충격이지만 전력적으로도 엄청난 손실이었다.

강남무림 연합군의 중추라 할 수 있는 염고한과 자운산이 번강과 신홍의 공격으로 인해 목숨을 잃고 치명적인 부상을 당한 채 쓰러진 것도 최악의 악재였다.

운선장주 효문의 도움으로 남궁학과 남궁세가가 흐트러진 전열을 재빨리 수습하고 황인효와의 싸움을 통해 한 단계 성장한 철연심이 동분서주하며 눈부신 활약을 펼친 덕에 그나마 버텨내고는 있었으나 그것도 잠깐이었다.

무황성의 지원군을 공격하는 금검단에 이어 포위망에 웅크리고 있던 은검단과 루외루의 고수들이 본격적으로 손을 쓰기 시작하자 남궁학과 효문의 지휘 아래 나름 선전을 펼치고 있던 강남무림 연합군의 진영이 급속하게 위축되었다.

거기에 사방을 누비며 눈부신 활약을 펼치던 철연심마저 번강에 의해 발목이 잡히자, 아니, 발목이 잡히는 정도가 아니라 일방적으로 밀리기 시작하자 강남무림 연합군은 사상누각(砂上樓閣)처럼 무너지기 시작했다.

"이제 그만 포기하게. 버텨봐야 고통만 늘 뿐이야."

번강이 철연심을 향해 지그시 검을 겨눴다.

철연심은 자신의 피로 붉게 물든 검을 바라보며 이를 부득 갈았다.

"닥쳐랏! 더러운 배신자 같으니!"

철연심은 목구멍으로 치솟는 피를 억지로 삼키곤 대호처럼 몸을 날렸다.

자신의 목숨 따위는 어찌 되어도 상관없다는 듯 오직 일격필살을 노리며 달려드는 철연심을 보며 번강은 긴장감을 감추지 않았다.

철연심의 실력이 자신보다 못하다는 것을 알고 있었으나 죽음을 각오한 이에겐 때론 실력 이상의 뭔가가 나오는 법.

찰나의 방심은 승패는 물론이고 목숨마저 위태롭게 할 수 있었기 때문이었다.

번강은 철연심의 강맹한 공격을 정면으로 부딪치기보다는 이화접목의 수법으로 흘려 버리거나 아예 회피를 해버렸다.

이에 격분한 철연심이 온갖 욕을 하며 도발해도 그는 꿈쩍도 하지 않고 더욱 냉정히 몸을 움직이며 철연심의 분노를 폭발시켰다.

결국 이성을 잃기 시작한 철연심은 결국 무리한 공격을 남발했고 날카로운 눈빛으로 약점을 간파한 번강의 공격에 허무하게 무너지고 말았다.

"크헉!"

맹렬히 공격을 펼쳤음에도 성공을 하기는커녕 상대의 역공에 오히려 잔뜩 부상만을 입고 만 철연심의 입에서 탁한 비명이 흘러나왔다.

비명과 함께 시뻘건 핏줄기가 허공에 뿌려졌다.

"비… 러머… 글!"

철연심은 뼈가 훤히 드러날 정도로 깊게 벌어진 허벅지의 상처를 보며 이를 꽉 깨물었다.

왼쪽 다리에 감각이 전혀 느껴지지 않았다.

'끝이군.'

철연심의 눈빛이 절망감으로 물들었다.

고수와의 싸움에서 움직임을 봉쇄당했다는 것은 곧 죽음을 의미하기 때문이었다.

"후우! 후우!"

이호연의 입에서 거친 숨이 흘러나왔다.

숨을 고르며 주변을 살폈다.

상황은 예상한 것보다 더욱 절망적이었다.

사대세가의 당당한 일원으로 중원의 그 어떤 문파와 비교해도 전혀 꿀리지 않으리라 여겼던 충직한 수하들이 형편없이 밀리고 있었다. 아니, 밀린다는 표현으로도 부족해 거의 일방적인 학살을 당하는 중이었고 그들을 이끌어야 할 자신마저 한낱 애송이에게 발목이 잡혀 꼼짝 못하고 있는 실정이었다.

　"지금까지가 지닌 실력의 전부라면 실망이오. 그래도 명색이 사대세가의 가주인데."

　무황성에서도 손꼽히는 고수 이호연을 거침없이 몰아세운 청송이 비릿한 미소를 지으며 말했다.

　"건방 떨지 마라, 애송아! 네놈들의 비겁한 암수에 당하지만 않았어도 전황이 이렇진 않았을 것이다."

　이호연은 수하들이 일방적으로 밀리고 있는 이유를 적들이 안개에 살포한 독에서 찾았다.

　당장 목숨을 잃거나 쓰러진 사람은 없었으나 자신을 비롯하여 모든 이들이 안개에 섞인 연기와 연기에 섞인 독의 영향을 받은 것은 틀림없었다.

　"암수? 아! 몽환연을 말하는 거요?"

　청송의 물음에 이호연은 대답하지 않았다.

　"더욱 실망스럽군. 그게 핑계가 되지 않는다는 건 당신이 더 잘 알 텐데. 애당초 우리가 사용한 몽환연은 극소량

에 불과했기 때문에 별다른 영향이 없었소. 그저 당신들을
혼란케 하려고, 바로 이곳으로 몰아오기 위해 사용한 것뿐
이지."

청송이 이호연을 향해 검을 세웠다.

검끝에서 흘러나온 예기가 이호연의 전신을 압박했다.

"애당초 실력이 부족한 것을."

"닥쳐랏!"

모욕감을 참지 못한 이호연이 단 한 번의 도약으로 오
장여의 거리를 좁히며 청송의 목을 향해 검을 찔렀다.

청송의 눈빛이 살짝 달라질 정도로 이호연의 공격은 매
서웠다.

평생을 그와 함께한, 곳곳에 이가 빠진 흔적이 있음에도
여전히 섬뜩한 예기를 뿜어내는 검을 휘두를 때마다 엄청
난 검기가 사방을 휩쓸었고 검기에 걸린 모든 것이 초토화
되기 시작했다.

사물은 물론이거니와 주변에서 싸움을 하던 이들마저
이호연이 뿌린 검기에 의해 속절없이 쓰러졌다.

그런 공세 속에서도 청송은 태연하기만 했다.

산책을 하듯 자연스럽게 움직이는 발걸음엔 여유가 묻
어 나왔다.

그의 주변을 에워싸고 있는 호신강기는 굳건히 그를 지

켰고 이호연의 검에서 뿜어져 나온, 사방을 초토화시키던 검기는 정작 쓰러뜨려야 할 청송이 휘두른 검에 의해 흔적도 없이 사라져 버렸다.

이호연의 공격을 무사히 막아낸 청송의 역공을 이호연은 버텨내지 못했다.

"크으으으."

이호연의 입에서 괴소와 같은 신음이 흘러나왔다.

그의 운명을 예고라도 하듯 반으로 부러진 애검에 의지해 간신히 서 있던 이호연이 힘없이 고개를 돌려 자신의 몸을 살폈다.

팔다리가 성한 곳이 없었고 가슴 쪽과 옆구리의 상처는 금방이라도 숨이 끊어져도 이상하지 않을 정도로 처참히 뭉개져 있었다.

"알… 고는 있었다."

이호연의 입에서 허무한 음성이 흘러나왔다.

"독은 핑계일 뿐 애당초 실력이 부족한 것이었어."

이호연의 말이 뜻밖이었는지 최후의 일격을 가하려던 청송이 손을 멈추고 그를 바라보았다.

"하지만 이렇게까지 차… 이가 날 줄은 몰… 랐군."

명색이 사대세가의 수장으로서 이렇듯 무참히 패할 줄은 꿈에도 상상하지 못했던 이호연은 허탈한 웃음을 지으며 천천히 무너져 내렸다.

"그렇게 실망할 정도는 아니었소."

청송이 눈도 제대로 감지 못하고 숨을 거둔 이호연을 보며 조용히 중얼거렸다.

청송의 말대로 이호연의 실력이 만만한 것은 아니었다. 만약 그가 금검단의 매복에 걸려 절반의 수하를 잃지 않았다면, 루외루가 파놓은 함정에 완벽하게 걸린 것을 알고 절망에 빠지지 않았다면 지금처럼 쉽게 쓰러뜨릴 수는 없었을 것이다.

"그렇다고 결과가 변하지는 않았겠지만."

청송은 자신감 넘치는 미소를 지으며 전장을 향해 고개를 돌렸다.

본격적인 싸움이 시작된 지 얼마 되지 않았지만 승기는 이미 확연히 기울었고 싸움은 거의 마무리 단계로 접어들고 있었다.

핵심 수뇌들을 잃고 미미한 저항을 하던 강남무림 연합군은 결국 제대로 된 싸움도 해보지 못하고 학살을 당하다 곳곳에서 무기를 던지며 항복을 했다.

강남무림 연합군의 맹주라 할 수 있는 남궁세가, 그리고 이호연에 이어 형주유가를 이끌던 유원창마저 조유유의 섭선에 잃고 만 무황성의 지원군만이 끝까지 전의를 불태

웠지만 그들 스스로도 자신들의 힘만으론 전황을 되돌릴 수 없다는 것은 알고 있었다.

　그럼에도 마지막까지 저항을 포기하지 않는 것은 강남 무림의 맹주로서, 지금껏 무황성을 지탱해 온 사대세가의 일원으로서 최후의 자존심을 지키기 위함이었다.

74장

대법존(大法尊)

"맙소사!"

다급히 뛰어들어 온 군사부의 수하로부터 피 묻은 서찰을 받아 든 제갈명은 서찰에 적힌 참담한 내용에 자신도 모르게 서찰을 떨어뜨리곤 비명과도 같은 외침을 토하고 말았다.

두 눈을 꽉 감고 부들부들 떨고 있는 제갈명을 보며 회의실에 모여 있던 무황성의 수뇌들은 그에게 시선을 고정시킨 채 숨조차 제대로 쉬지 못했다.

"무슨 일인가? 대체 무슨 일이기에……."

질문을 하는 희천세의 목소리가 더없이 조심스러웠다.

희천세의 질문을 듣지 못한 듯 두 눈을 감고 한참이나 마음을 다스리던 제갈명이 마침내 눈을 떴다.

여전히 상기된 표정 하며 살짝 떨리는 손끝이 충격에서 완전히 벗어나지는 못한 듯했지만 차갑게 가라앉은 눈빛을 보면 어느 정도는 평정심을 회복한 것 같았다.

"무슨 일이 벌어진 것인가?"

첫 질문 후, 인내심을 가지고 기다렸던 희천세가 다시 물었다.

제갈명은 좌중을 가만히 돌아보며 크게 숨을 들이마신 후, 입을 열었다.

"서찰은 강남무림 연합군을 지원하기 위해 움직였던 천목의 요원이 보내온 것입니다."

강남무림 연합군이라는 말에 회의실에 모인 수뇌들의 얼굴이 창백해지기 시작했다.

"강남무림 연합군 패배. 무황… 성 지원군은 전… 멸."

꽝!

"무슨 말도 안 되는 소리를 하는가!"

형주유가의 가주 유진이 자리를 박차고 일어났다.

"물론 싸움에 패할 수는 있네. 그렇다고 해도 전멸이라니……."

정의문 장로 이후고는 차마 말을 잇지 못했다.

유진과 이후고는 전멸이라는 말에 극도로 예민하게 반응했다.

지원군을 이끈 이들이 형주유가의 장자요, 정의문의 문주였기 때문이었다.

제갈명은 그들의 반문에 침묵했다.

한참이나 대답을 기다리던 유진과 이후고는 절망적인 표정으로 털썩 주저앉고 말았다.

"군사의 말이 사실인가?"

사공추가 힘없는 음성으로 물었다.

"서찰의 내용이 거짓으로 보이진 않습니다."

"그렇군. 한데 강남무림 연합군과 무황성에서 출발한 지원군의 전력이라면 결코 쉽게 당하지 않았을 터인데. 결과가 이렇다는 것은 아무래도……."

"지금까지의 모든 일이 놈들이 판 함정일 가능성이 보입니다. 게다가 생각지도 못한 사람의 배신이 있었습니다. 함정도 함정이지만 바로 그자 때문에 이런 결과가 나온 것 같습니다."

"그자가, 그놈이 누구인가?"

희천세가 눈을 부라렸다.

"번강. 형산파의 문주입니다. 바로 그가 우리를 배신했습니다."

제갈명의 말에 회의실은 다시금 충격에 휩싸였다.

번강이 누구던가!

명문정파 형산파의 문주이자 남궁세가를 대신하여 강남 무림 연합군을 이끌던 영웅.

그런 공로를 인정받아 무황성 내에서도 차기 무황성의 성주로 그를 추대하려는 움직임이 있을 정도였다.

한데 그가 배신자라니 그 충격은 뭐라 말로 할 수가 없을 정도였다.

한참 동안 아무도 입을 열지 못했다.

눈앞에 닥친 어이없는 상황에서 대체 무슨 말을 어찌해야 할지 감이 오지 않는 것이다.

침묵을 깬 사람은 누구보다 먼저 평정심을 회복한 제갈명이었다.

"강남무림 연합군의 패배로 인해 팽팽하던 싸움의 균형추가 완전히 무너지고 말았습니다. 언제고 산외산과 루외루의 주력이 본격적으로 나설 것이라 예상은 했지만 이번 공격은 참으로 뼈아프군요."

제갈명의 말에 모두가 심각한 표정으로 고개를 끄덕였다.

현재 중원 무림은 세외사패와 치열한 공방전을 펼치고

있었다.

그중 한 곳이 완벽하게 무너지며 뚫린 것이다.

"어찌 대처해야 한다고 보는가?"

희천세가 물었다.

제갈명이 입을 열기도 전, 이후고가 살기 어린 눈빛으로 말했다.

"대처랄 것이 따로 있겠습니까? 당장 반격을 해야 할 것입니다."

"맞소이다. 때로는 공격이 최선의 방어가 되는 것입니다. 놈들이 어찌 나올지 전전긍긍할 것이 아니라 선제적인 공격으로 놈들의 숨통을 끊어야 한다고 봅니다."

유진이 기다렸다는 듯 동의를 표하자 회의실의 분위기는 급격하게 두 사람의 의견을 받아들이는 쪽으로 흘렀다.

"당연히 그래야겠지요. 하나 문제는 그들을 견제할 힘이 마땅치 않다는 겁니다."

제갈명이 한숨을 내쉬며 말을 이었다.

"현재 무황성의 병력은 세외사패를 막기 위해 사방으로 흩어져 있습니다. 구파일방과 각 세가의 병력들 역시 마찬가지고요. 중심이 되어야 할 사공세가의 병력마저 사천에서 당한 것이……."

제갈명이 갑자기 말끝을 흐렸다.

이상하단 얼굴로 그를 바라보던 사람들의 시선이 창백한 얼굴로 달려오는 군사부의 수하에게 향했다.

"무… 슨 일이냐?"

제갈명이 애써 침착한 모습을 물었지만 불안한 눈빛은 감추지 못했다.

군사부의 수하는 대답 대신 손에 든 서찰을 건넸다.

모두의 시선을 한눈에 받으며 긴장된 손길로 서찰을 받아 든 제갈명이 덜덜 떨리는 음성으로 서찰에 적힌 내용을 읽어 내려갔다.

"남… 궁세가 멸문. 루외루로 추정되는 병력이 무황… 성을 향해 이동 중."

짧지만 강렬한 내용에 회의실에 모인 모두의 낯빛이 딱딱하게 굳어버렸다.

*   *   *

"남궁세가가 멸문지화를 당하다니 이게 대체 무슨 소리냐? 노부가 제대로 듣기는 한 것이냐?"

당화궁이 황당한 표정으로 당표를 바라보았다.

"그러게. 이해가 가지 않는다. 강남무림 연합군이야 그렇다 쳐도 뜬금없이 남궁세가라니."

당후인이 이해할 수 없다는 듯 고개를 갸웃거렸다.

"강남무림 연합군 또한 대패했습니다."

무겁기 그지없는 당표의 음성에 독존각(獨尊閣)에 모인 당가 수뇌들의 표정이 무섭게 굳어갔다.

"무황성에서도 상당한 지원군을 보냈다고 들었다. 그들은 어찌 되었느냐?"

당후인이 다시 물었다.

"그들 역시 모조리 전멸을 당했다고 합니다, 당숙."

"허! 일 났군."

당후인의 입에서 헛바람이 터져 나왔다.

사공세가의 두 번째 지원군이 당가타에 인접했다는 소식에 다소 들떠 있던 독존각의 분위기가 무겁게 가라앉았다.

"루외루에 치명타를 안길 계획이 진행 중이란 말을 듣고 기대를 하고 있었는데 결과를 보니 오히려 역으로 당한 모양이구나."

장로 당용의 탄식에 말에 당표가 고개를 끄덕였다.

"아무래도 역정보에 속아 함정에 빠진 듯합니다."

"멍청한 놈들! 강남무림 연합군이 패하고 남궁세가가 무너졌다면 장강 이남은 사실상 놈들의 손아귀에 떨어진 것이나 다름없구나. 천마신교가 야수궁을 견제하고 있다고는 하나 별 의미는 없을 것 같고. 자칫하면 무황성까지 위험에 빠지겠어."

당화궁의 분노가 담긴 탄식에 당표가 살짝 구겨진 서찰을 흔들어 보이며 말했다.

"이미 놈들의 대대적인 공격이 시작된 모양입니다. 강남 무림 연합군을 무너뜨리는 것과 동시에 남궁세가라는 장애물을 제거한 루외루와 놈들의 수족들이 무황성을 향해 이동하기 시작했고 야수궁 또한 천마신교의 견제를 무시하고 무서운 속도로 북상 중이라 합니다."

"무황성은? 무황성에선 어찌 대처하고 있다고 하더냐?"

당화궁이 침을 꿀꺽 삼키며 물었다.

"일단 최대한 병력을 모으고 있는 것 같기는 합니다만 쉽지 않을 것 같습니다. 사실 무황성의 주축이라 하면 사공세가를 중심으로 한 사대가문이었습니다. 각 문파에서 병력을 지원하고는 있지만 그리 큰 비중을 차지하지 않을 뿐더러 그나마도 세외사패의 준동 이후, 거의 복귀를 했고요. 그런 상황에서 사공세가는 이곳에 두 차례나 지원군을 보냈고 사대가문의 전력 역시 백의종군으로 인해 각 전장으로 흩어졌습니다. 신도세가와 이화검문의 주력은 소림을 무너뜨린 빙마곡을 막기 위해 움직였고 형주유가와 정의문에서 보낸 지원군은 몰살을 당했으니 지금 무황성에 남은 병력은 생각보다 열악합니다."

"사방에 지원군을 보냈으니 당연하겠지. 그걸 묻고자 함이 아니잖느냐? 대책, 무슨 대책을 세웠냔 말이다."

당화궁이 답답하단 얼굴로 소리쳤다.

당표를 대신해 침묵을 지키고 있던 당암이 입을 열었다.

"각 전장에 지원군을 요청했다고 하는군요. 정확히 말하자면 그들 전장에서 백의종군하고 있는 병력의 소환을 명했습니다."

"흠, 이해가 가는 일이긴 하지만 우리 쪽에 온 청룡대는 몰살을 당했으니……."

당후인이 혀를 차자 당암이 씁쓸한 얼굴로 말했다.

"우리 쪽엔 더 엄청난 것을 요구했습니다."

"더 엄청난 것이라니? 우리 쪽 상황을 알면서 그런 요구를 한단 말이……."

당후인이 설마 하는 표정으로 당암을 살폈다.

"맞습니다. 무황성에선 최대한 빨리 그에게 무황성으로 와줄 것을 요청했습니다."

독존각 안에 모인 이들은 당암이 말하는 사람이 누군지 모르지 않았다.

그로 인해 곳곳에서 성난 음성이 터져 나왔다.

"무황성의 상황이 아무리 좋지 않다고 해도 이곳만큼만

할까. 당장 사공세가의 지원군도 몰살을 당하는 판인데."

"루외루가 본격적으로 움직였다면 이곳엔 산외산 놈들이 활개를 치고 있는 상황이야."

"청성과 아미파의 전력이 무력화된 상황에서 수호령주마저 돌아간다면 전황은 최악으로 흘러갈 터. 저들의 요구를 거절해야 할 것이오, 가주."

당암이 한숨을 내쉬며 말했다.

"하지만 우리가 억지로 막을 수는 없는 노릇입니다. 이곳에 오는 것도 또 가는 것도 오롯이 그의 판단과 결정에 달린 것이지요."

당가에 도착한 지 며칠밖에 되지 않았지만 수호령주가 짧은 시간 동안 올린 성과는 엄청났다.

연이은 패배로 침체되었던 사기를 끌어 올리는 것은 물론이거니와 마불사의 수뇌부라는 백팔존자 중 아홉 명의 목숨을 거두는 활약을 펼친 것이다.

하니 가능만하다면 절대로 수호령주를 무황성으로 보내고 싶지 않았다.

"가주 말대로 그의 의중이 가장 중요한 것이겠지만 이곳 상황을 보다 잘 설명하고 설득을 한다면 쉽게 움직이지는 않을 것이라 보네."

당화궁의 말에 당후인이 맞장구를 쳤다.

"맞습니다. 어떻게 해서든지 설득을 해야 합니다."

"수호령주는 어디에 있는가? 노부가 나서서 설득을 해 보겠네."

당용의 물음에 당표가 조용히 대답했다.

"사공세가를 마중 나갔습니다. 그들과 함께 해야 할 중요한 일이 있어서요.

"중요한 일이라면……."

잠시 망설이던 당표가 당암을 바라보았다.

당암이 슬며시 고개를 끄덕이자 당표가 나직이 말했다.

"법왕을 잡으러 갔습니다."

                    *   *   *

"저놈이 바로 그놈이더냐?"

얼굴엔 자글자글한 주름이 가득했고 치켜든 손은 말라 비틀어진 고목의 껍질 같았지만 황금빛 가사에 온갖 보석으로 치장된 금관과 석장(錫杖─승려가 지니는 지팡이)을 든 노승이 무표정한 얼굴로 물었다.

곁에 있던 노승이, 상대적으로 젊은이 못지않은 건강하고 육중한 몸을 지닌 광우존자가 고개를 숙이며 대답했다.

"예, 무림을 떠들썩하게 만든 수호령주입니다, 대법존."

대법존이라 불린 노승이 거만하게 고개를 끄덕였다.

"확실히 대단한 실력을 지녔구나. 당금 천하에 사천왕 (四天王)의 합공을 감당할 수 있는 사람이 있을 것이라곤 생각해 보지 못했다. 본 존의 실력으로도 불가능한 일이거늘."

"노야께서 패… 인정하신 실력자입니다. 사천왕이 고전하는 것도 이해를 해야 하지 않겠습니까?"

슬쩍 말을 바꾼 광우존자는 호승심을 이기지 못한 눈빛으로 수호령주와 사천왕의 싸움을 바라보았다.

"그도 그렇구나. 사천왕이 뛰어나긴 해도 사부를 상대한다는 생각은 해보지도 못했으니까. 사부를 능가하는 실력을 지녔다는 수호령주니 저리 고전하는 것도 이해 못 할 바는 아니겠지."

"하지만 사천왕은 대법존님의 안위를 위해서라면 목숨을 초개처럼 버릴 수 있는 이들입니다. 단순히 승부를 가리는 싸움이라면 모를까 제아무리 수호령주라 하더라도 감당하기는 쉽지 않을 것입니다."

"그래, 내 믿고 있지."

고개를 끄덕여 광우존자의 말에 동의를 하던 대법존의 미간이 살짝 찌푸려졌다.

"문제는 바로 저놈들이다. 백팔존자가 저놈들을 감당할

수 있을지 모르겠구나."

광우존자가 대법존의 시선을 따라 고개를 돌렸다.

천강십이좌와 전풍, 사공세가에서 추가로 보낸 지원군과 치열한 싸움을 벌이고 있는 백팔존자들의 모습이 보였다.

전황은 딱히 누가 우위라고 할 수 없을 정도로 막상막하였다.

천강십이좌 중 우위를 점하고 있는 사람은 임소한뿐이었고 곽종과 여우희는 백팔존자 중 가장 빠르다는 무영존자를 농락하면서도 그의 날카로운 공격에 함부로 접근하지는 못하고 있는 전풍이 틈틈이 돕지 않았다면 목숨이 위태로웠을 정도로 열세였다.

첫 번째 지원군의 몰살에 분노해 움직인 사공세가의 노고수들의 실력은 실로 대단해서 백팔존자와의 대결에서 일대일로 밀리는 사람이 단 한 명도 없었다.

다만 그 수가 부족하여 나머지 백팔존자를 상대해야 하는 사공세가의 피해는 계속 누적되는 상황이었다.

"무황성의 중심이라고 할 수 있는 사공세가의 저력은 확실히 무섭군요. 저들을 상대하는 백팔존자의 실력이 결코 부족한 것이 아닌데 쉽게 우위를 점하지 못할 줄은 생각도 못 했습니다."

광우존자는 동료들이 사공세가의 노고수들에게 쩔쩔매는 것을 보며 많이 당황하고 있었다.

하지만 이는 당연한 것이다.

사공세가는 무림삼비 중 천외천의 변신.

그들이 산외산의 주구라 할 수 있는 마불사와의 싸움에서 밀린다는 것 자체가 우스운 일이었다.

다만 그들이 상대하는 이들이 백팔존자 중에서 상위권에 속한 실력자들이었기에 쉽게 승리를 거두지 못하는 것뿐이었다.

"아이들을 따로 움직인 것이 실수로다."

대법존의 자책에 광우존자는 아무런 말도 하지 못했다.

대법존을 수호하는 아라한(阿羅漢) 중 상당수를 따로 이동시킨 것이 바로 자신의 건의로 인해 이루어진 일이기 때문이었다.

백팔존자 중 일부가 함께하기는 했지만 오십에 이르는 수호 아라한 없이 고작 이십여 명 남짓한 아라한으로 적을 막기는 확실히 버거웠다.

만약 따로 이동시킨 아라한이 함께했다면 이렇게까지 고전을 하지 않았을 것이다.

"모든 것이 소승의 불찰입니다, 대법존. 소승을 엄히 벌하여 주십시오."

광우존자가 무릎을 꿇으며 머리를 조아렸다.

"일어나거라. 네 뜻이 어차피 본 존의 뜻이었다. 그 버르장머리 없는 것들을 징치(懲治—징계하여 다스리다)하려다 이 꼴이 되었구나. 어쩌면 이 모든 것이 그것들의 암계일 수도 있겠고."

암계라는 말에 광우존자가 고개를 벌떡 들었다.

"서, 설마하니 법왕이 놈들에게 정보를 흘렸다고 생각하시는 건지요?"

"그게 아니라면 지금의 상황이 있을 수 있다고 보느냐? 우리가 놈들을 노렸듯 놈들 역시 우리를 노리고 함정을 팠다는 생각이 드는구나. 애당초 예상에도 없었던 연회에 참석해 달라는 것 자체가 이상한 일이었어."

"본산에서 온 자들을 환영하는 연회였습니다. 사공세가의 지원군을 몰살시킨 공도 있고요. 당연히……."

자신의 말에 확신이 없는지 광우존자가 말끝을 흐렸다.

"그것이야말로 함정의 시작. 그렇게 유인을 하여 우리의 행적을 수호령주에게 흘리는 것이야말로 피를 흘리지 않고도 우리에게 치명적인 타격을 안길 가장 좋은 방법이겠지. 어쩌면 우리가 따로 병력을 움직일 것이란 예측까지 했는지도 모르겠다."

"설마하니 법왕이 그런 짓을 했을까요? 제 놈들의 힘만으론 수호령주를 감당할 수 없을 텐데요."

광우존자의 말에 대법존이 혀를 찼다.

"쯧쯧, 하면 우리가 놈들을 제압하려 한 것은 어찌 설명할 테냐?"

"그, 그건……."

광우존자가 대답을 하지 못하자 대법존자가 한숨을 내쉬었다.

"산주의 지지를 등에 업은 법왕의 영향력이 본 존을 넘어선 지 오래다. 더불어 사부의 실종은 대세가 완전히 넘어갔음을 선언하는 것과 다름없었지. 솔직히 그만한 능력도 있는 녀석이고. 만약 사부께서 밀지(密旨)를 보내시지 않았다면 껄끄러운 관계야 어쩔 수 없다 해도 이렇듯 완전히 등을 돌리지는 않았을 것이다. 하나, 산주와 척을 진 사부가 건재한 것을 알게 되는 순간부터 법왕과 본 존 또한 같은 운명인 것이야. 눈앞의 적이 문제가 아니란 말이다. 아무튼 먼저 한 방 맞고 말았구나. 설사 저놈들과의 싸움에서 승리를 거둔다고 해도 우리가 흘릴 피도 상당할 테니 말이다."

"차라리 노야를 찾아가시는 것이 어떻겠습니까?"

"최악의 상황을 미리 거론할 필요는 없겠지. 우선은 살아남는 것이 우선이야. 그 또한 쉽지 않아 보이지만 말이다."

대법존의 걱정스러운 눈빛이 사천왕에게 합공을 당하면서도 오히려 그들을 거칠게 몰이붙이고 있는 수호령주에게 향했다.

꽝! 꽝! 꽝!

강력한 충돌음과 함께 진유검을 공격했던 광목천왕이 고통스러운 비명을 지르며 뒷걸음질쳤다.

육중한 몸이 물러나면서 내딛는 발이 땅바닥을 발목까지 파고들었다.

사천왕의 합공을 뚫어내고 광목천왕의 가슴에 연화장을 작렬시킨 진유검이 연속적으로 장력을 뿌리며 접근했다.

위기에 빠진 광목천왕을 구하기 위해 나머지 삼천왕이 움직였다.

다문천왕이 튕긴 비파에서 검기보다 날카로운 음파가 뿜어져 나오고 지국천왕과 중장천왕의 보검이 좌우에서 쇄도했다.

황급히 자세를 바로 한 광목천왕도 삼지창을 꼬나들며 역공을 펼칠 준비를 했다.

진유검은 삼천왕의 공격에도 전혀 머뭇거리지 않았다.

양손을 교차하여 좌우에서 짓쳐 드는 보검을 향해 무흔지를 발출하곤 동시에 손에 들린 검을 던졌다.

섬전처럼 날아간 무혼지가 지국천왕과 중장천왕이 휘두른 보검을 튕겨내고 뒤이어 공간을 가른 검이 그들의 숨통을 노렸다.

그야말로 절정의 이기어검.

혼비백산한 두 사람이 황급히 공격을 거두고 방어에 치중할 때 진유검은 비파에서 날아든 음파를 호신강기로 튕겨냈다.

몸이 휘청거렸다.

외상을 입지는 않았지만 음파에 실린 기운이 대단했기에 상당한 고통이 밀려들었다.

바로 그때, 광목천왕이 혼신의 힘을 다해 내지른 삼지창이 푸르스름한 강기를 휘감은 채 날아들었다.

연화장으론 감당하기 힘들다고 여긴 진유검이 재빨리 손을 거두고 허공으로 뛰어올랐다.

지국천왕과 중장천왕을 견제한 검이 어느새 날아와 그의 손에 안착했다.

진유검은 허공에서 그대로 검을 내리꽂았다.

붕천.

하늘마저 무너뜨린다는 이름 그대로 거대한 힘으로 광목천왕을 짓눌렀다.

광목천왕이 삼지창을 앞세우며 필사적으로 대항을 했지

만 삼천왕의 도움 없이 혼자 진유검의 힘을 받아내기란 사실상 불가능했다.

평생을 함께한 삼지창이 부러지는 것과 동시에 광목천왕의 몸이 머리에서 발끝까지 양단이 되었다.

광목천왕의 몸에서 뿜어져 나온 피가 사방을 물들일 때 진유검이 왼팔을 휘둘렀다.

그러자 핏방울 하나하나에 힘이 실리며 괴성을 내지르며 달려드는 삼천왕을 향해 날아갔다.

다목천왕이 미친 듯이 비파를 튕기며 음파를 뿜어냈다.

지국천왕과 증장천왕도 황급히 검을 휘두르며 보호막을 펼쳤다.

가소롭다는 표정으로 그들을 바라보던 진유검이 부러진 삼지창을 발로 걷어찼다.

엄청난 파공성을 내며 날아간 삼지창이 다목천왕이 음파를 이용해 친 방어막을 뚫고 전진했다.

자신이 만든 방어막이 그토록 쉽게 뚫릴 줄은 예상하지 못한 다목천왕이 엉겁결에 비파를 내밀었다.

꽝!

삼지창에 부딪친 비파가 산산조각이 나며 흩어졌다.

그 파편의 일부가 다목천왕의 심장을 관통한 삼지창을 따라 가슴 곳곳에 박혔다.

눈 깜짝할 사이에 두 명의 천왕을 염라대왕 앞으로 보낸 진유검이 황망한 표정으로 서 있는 지국천왕과 증장천왕을 지그시 바라보며 살짝 흐트러진 호흡을 가다듬었다.

다목천왕이 발출한 음파에 당한 어깨와 등 쪽에서 은은한 고통이 밀려들었다.

호신강기로 막아내기는 했으나 다목천왕의 실력 또한 만만한 것은 아니었기에 충격은 상당했다.

그래도 이만한 충격에 두 명의 천왕을 잡았다면 결코 손해는 아니란 생각을 할 때였다.

진유검의 눈동자가 급격하게 좁혀지며 몸이 흔들렸다.

궁극의 속도를 자랑하는 분광보.

미처 속도를 따라가지 못해 남아 있는 잔상을 향해 엄청난 강기가 폭사되었다.

꽈꽈꽈꽝!

굉음과 함께 진유검이 있던 곳이 초토화되어 버렸다.

간발의 차이로 몸을 뺀 진유검은 자신을 공격한 사람이 누구인지 이미 파악을 한 듯싶었다.

황금빛 가사를 펄럭이며 석장을 휘두르는 사람은 다름 아닌 대법존이었다.

사천왕이 위기에 빠진 것을 보고 본격적으로 싸움에 참여한 대법존은 석장을 앞세워 숨 쉴 틈도 없이 진유검을 몰아쳤다.

대법존의 손에 들린 석장은 쇠붙이로 된 머리에 나무 지팡이를 이어 붙인 일반적인 석장과 외형은 비슷했지만 재질은 전혀 딴판이었다.

머리는 강철보다 열 배는 단단하며 극음지기를 품고 있다는 한령옥(寒靈玉)을 세공한 것이었고 지팡이는 염화천(炎火川)에서 얻은 화령묵철(火靈墨鐵)로 만들어진 것이었다.

한령옥과는 정반대로 극양의 기운을 품고 있고 단단하기 또한 한령옥을 능가하는 화령묵철로 만들어진 석장을 자유자재로 휘두르며 상반된 두 가지 기운을 마음껏 뿌려대는 대법존의 존재는 확실히 위협적이었다.

진유검의 입술이 살짝 치켜 올라갔다.

원래는 법왕을 잡기 위해 움직였다.

하나, 마불사의 가장 큰어른이라는 대법존을 제거할 수 있다면 곤경에 빠진 사천무림을 다시 일으킬 수 있는 큰 힘이 될 것이다.

더구나 그를 호위하기 위해 움직인 사천왕과 백팔존자들까지 감안한다면 결과 여하에 따라 전황 자체를 확 바꿀 수도 있을 터였다.

진유검의 몸이 표홀히 흔들리는가 싶더니 무수한 잔상을 남기며 갑자기 사라졌다.

맹렬한 기세로 공격을 펼쳤음에도 어이없게 잔상만 짓뭉개 버린 대법존이 낭패한 얼굴로 고개를 홱 돌렸다.

좌측에서 뭔가 다가오고 있었다.

황급히 석장을 움직여 몸을 보호하자 진유검이 은밀히 발출한 무흔지가 석장에 부딪쳐 사라졌다.

무흔지에 실린 힘은 기세 좋게 달려들던 대법존을 주춤거리게 만들기엔 충분했다.

꽈꽈꽈꽝!

엄청난 굉음과 함께 태산과도 같은 위력의 강기가 밀려들었다.

대법존의 노안이 제대로 구겨졌다.

'이런 힘이라니!'

멀리서 볼 때도 느꼈던 것이지만 손속을 겨뤄보자 확연히 알 수 있었다.

상대는 언젠가 사부에게 느꼈던 기운, 아니, 그 이상의 힘을 지닌 괴물이었다.

'본 존을 우습게 보지 마라.'

상대의 강함을 인정한 대법존이 침착히 석장을 휘둘렀다.

한령옥에선 극음의 기운이, 화령묵철에선 극양의 기운이 흘러나왔다.

놀라운 것은 전혀 성격이 다른 두 기운이 하나가 되어 움직인다는 것이었고 그 과정에서 어떤 힘이 작용을 한 것인지 따로 움직인 것보다 몇 배나 더 강력한 힘으로 변한다는 것이었다.

"대단한 무공!"

진유검의 입에서 감탄이 흘러나왔다.

음양의 조화를 이런 식으로 활용해 내는 사람이 있을 줄은 상상도 못 했다는 표정이었다.

진유검의 진심 어린 감탄에 대법존의 노안에도 미소가 스쳐 지나갔다.

말년에 심득을 얻어 완성해 낸 음양무극공(陰陽無極功)의 위력에 스스로 감격한 것이다.

한데 당연히 피할 줄 알았던 진유검이 정면으로 부딪쳐 오면서 그 미소도 사라졌다.

진유검이 대법존을 향해 가볍게 검을 휘둘렀다.

뭔가 번뜩이는가 싶더니 검광이 대법존의 전면에 순식간에 짓쳐 들었다.

기겁을 한 대법존이 미처 석장을 움직일 여유도 없이 봄을 날렸다.

단섬으로 상대의 기세를 꺾고 이어지는 폭뢰.

파스스슷!

검에서 솟구친 강기가 팔방을 가득 채우며 접근하자 음양무극공을 운용하며 필사적으로 석장을 휘두르는 대법존의 낯빛이 하얗게 변해갔다.

"죽어랏!"

대법존의 위기를 목도한 광우존자가 뒤쪽에서 공격을 펼쳤다.

대법존 덕분에 숨을 돌린 지국천왕, 증장천왕도 기회를 놓칠세라 합공을 가했다.

공격을 이어가면 대법존에게 상당한 타격을 입힐 수는 있겠지만 자칫 큰 부상을 당할 수도 있다고 판단한 진유검은 과감히 공격을 거두고 분광보를 이용해 몸을 뺀 뒤 지국천왕을 향해 곧바로 역공을 펼쳤다.

거친 충돌음과 함께 지국천왕이 몸을 비틀거리며 검붉은 피를 토해냈다.

증장천왕의 지원으로 간신히 공격을 막아냈지만 상당한 충격을 받은 듯했다.

진유검이 끝장을 보려 하자 대법존과 광우존자가 재빨리 그의 앞을 막아섰다.

숨조차 제대로 쉴 수 없을 정도로 긴장된 순간, 난데없이 그들 사이를 가로지르는 사람이 있었다.

"뭐합니까, 주군? 빨리 끝내요. 곽 형님과 누님의 상황안 보입니까?"

전풍이 다급한 외침을 남기고 사라졌다.

대법존과 광우존자 등이 황망한 표정으로 이미 사라진 전풍의 등을 쫓고 있을 때 진유검의 시선이 곽종과 여우희에게 향했다.

확실히 승기를 잡은 것은 아니나 비교적 여유 있게 싸움에 임하고 있는 사공세가의 노고수들에 비해 여우희나 곽종은 상당히 힘든 싸움을 하고 있었다.

그들을 상대하는 백팔존자가 하필이면 광우존자와 실력이 엇비슷한, 다시 말해 백팔존자에서도 가장 강한 실력자들이었기 때문이었다.

곽종과 여우희의 위기를 확인한 진유검의 표정과 기세가 확 변했다.

진유검의 전신에서 이전과는 비교도 할 수 없을 정도로 강력한 힘이 뿜어져 나오기 시작하고 휘두르는 검의 위력 또한 전과 확연히 달랐다.

공격은 광우존자에게 집중되었다.

대법존이 전력을 다해 그를 도왔지만 분명 한계가 있었다.

"커헉!"

외마디 비명과 함께 앞을 가로막았던 광우존자가 팅기

듯 밀려나고 거의 동시에 대법존이 휘두른 석장이 진유검의 등짝을 후려쳤다.

대법존은 자신의 공격이 제대로 성공했다는 생각에 회심의 미소를 지었지만 호신강기를 믿고 등을 내준 진유검은 분광보에 더해진 대법존의 힘을 이용해 뒤로 물러난 광우존자를 단숨에 따라잡았다.

깜짝 놀란 광우존자가 몸을 틀었지만 섬전보다 빠른 단섬은 그의 도주를 용납하지 않았다.

진유검의 쾌검이 광우존자의 가슴을 그대로 갈라 버렸다.

광우존자는 환상처럼 지나간 검의 궤적을 그려보며 힘없이 무너져 내렸다.

"이놈!"

진유검에게 농락당했음을 깨닫고 대로한 대법존이 황금 가사를 벗어 던지고 달려들었다.

대법존을 향해 광우존자의 시신을 던져 그의 걸음을 늦춘 진유검이 조금 전 큰 타격을 입고 물러난 지국천왕을 향해 움직였다.

이를 악문 증장천왕이 지국천왕을 살리기 위해 진유검을 막아섰지만 진유검은 오히려 그걸 기다렸다는 듯 그를 향해 연속적으로 폭뢰를 펼쳐 냈다.

두 번의 공격까지는 힘겹게 막아낸 증장천왕도 결국 태산처럼 짓누르는 폭뢰의 압력을 감당하지 못하고 사지가 절단되어 쓰러지고 말았다.

증장천왕이 사지를 잃고 쓰러지는 찰나, 진유검의 등 뒤로 대법존이 던진 석장이 가공할 만한 속도로 날아들었다.

빙글 몸을 돌린 진유검은 피할 생각도 하지 않고 석장을 낚아챘다.

석장에 담긴 힘은 태산이라도 능히 가루로 만들어 버릴 정도로 대단했다.

진유검은 석장이 품고 있는 힘을 거역하지 않고 몸을 부드럽게 회전시키면서 그 힘을 상쇄시키고자 했다.

그 과정에서 석장으로부터 가히 상상도 할 수 없을 정도로 많은 음양의 기운이 쏟아져 들어왔지만 진유검은 전혀 힘들이지 않고 그 기운을 받아들였다.

석장에 녹아 있는 음양의 기운은 한령옥과 화령묵철 본연의 것이기도 했지만 거기에 더해 대법존이 모든 내력을 쏟아부은 것이다.

한데 그 기운을 이겨내는 것으로 부족해 자신의 것으로 만들 줄 상상도 하지 못했던 대법존은 엄청난 상실감과 무력감을 느끼며 더 이상의 대항을 포기하고 손을 축 늘어뜨리고 말았다.

대법존을 힐끗 바라본 진유검이 손에 든 석장을 휙 던졌다.

한데 방향이 대법존을 향한 것이 아니었다.

빛살처럼 날아간 석장이 거칠게 곽종을 몰아세우고 있던 무한존자의 심장을 꿰뚫어 버렸다.

이어 여우희의 몸에 온갖 상처를 남기고 있던 탁탑존자의 목숨마저 노렸다.

석장이 누구의 손에서 날아온 것인지 눈치채지 못한 탁탑존자가 가소롭다는 웃음을 흘리며 석장을 낚아챘다.

석장에 담긴 힘을 감당하지 못하곤 몸을 휘청거리는 탁탑존자.

아무리 불리한 상황에 처했다고 해도 그 정도 허점을 놓칠 여우희가 아니었다.

여우희의 연검이 탁탑존자의 무기를 휘감고 올라가더니 목덜미를 꿰뚫어 버리자 탁탑존자는 비명도 지르지 못한 채 눈을 까뒤집고 뒤로 넘어갔다.

느닷없이 날아든 석장으로 인해 절체절명의 위기에서 벗어난 곽종과 여우희는 그 자리에 주저앉아서 숨을 헐떡였다.

"고생했어요. 그나마 늦지 않아서 다행입니다."

끈질기게 따라붙는 무영존자를 탈진시킨 뒤 결국 숨통

을 끊는 데 성공한 전풍이 그들에게 다가왔다.

곽종과 여우희가 간신히 고개를 돌려 전풍을 바라보았다.

무영존자에게 나름 고전을 했는지 전풍 역시 지친 기색이 역력했다.

"어쨌거나 싸움은 대충 끝난 것 같네요."

전풍은 망연자실한 표정으로 서 있는 대법존을 향해 걸어가는 진유검을 가리키며 키득거렸다.

"저 영감이 대법존인가 뭐가 하는 늙은입니다. 우두머리를 잡았으니 싸움은 끝난 거지."

"그랬으면 좋겠는데 어째 느낌이 좋지 않다."

세 사람이 시선이 목소리의 주인을 향했다.

청음존자를 격전 끝에 물리친 임소한이 피곤한 기색으로 걸어왔는데 다행히 큰 부상을 당한 것 같아 보이진 않았다.

"우두머리를 잡으면 끝나는 싸움 아닙니까?"

곽종이 고개를 갸웃거리며 물었다.

"뭔가 조금 이상해."

"뭐가요?"

"애당초 우리가 목표로 한 놈은 법왕이었어. 한데 엉뚱하게 대법존이라는 늙은이와 드잡이질을 하고 말았지."

"법왕의 사부라 들었습니다. 더 잘된 거 아닐까요?"

여우희의 물음에 임소한이 그녀 곁에 털썩 주저앉으며 말했다.

"분명 그렇긴 한데 둘 사이에 알력이 있다는 얘기를 들은 것 같아서."

"알력이라면 대법존과 법왕이요?"

여우희가 눈을 동그랗게 뜨고 되물었다.

"확실한 건 아니야."

"아! 몰라요. 주군께서 알아서 하겠지요. 몸도 피곤해 죽겠는데 머리까지 굴리긴 싫어요."

전풍이 손사래를 치며 그대로 뒤로 누웠다.

진유검이 대법존을 어찌하려는지 혹은 여전히 치열하게 펼쳐지는 사공세가와 백팔존자들의 싸움이 어떤 상태인지에 대해선 전혀 관심 없다는 태도였다.

"그렇긴 하지."

곽종과 여우희도 임소한의 눈치를 슬쩍 보며 전풍의 곁에 누웠다.

오직 임소한만이 잔뜩 찌푸려진 얼굴로 진유검을 바라볼 뿐이었다.

"사천에서 물러나겠다? 지금 그 말을 믿으라는 것이오?"

진유검이 어이없다는 표정으로 가부좌를 틀고 앉은 대법존을 바라보았다.

　"불자는 거짓말을 하지 않는다."

　대법존이 담담한 눈길로 대꾸했다.

　진유검이 그의 맞은편에 털썩 앉으며 말했다.

　"불자는 얼어 죽을! 당신 같은 종자들을 불자라 칭하느니 이놈들을 용이라 부르겠소."

　진유검이 피 묻은 땅에서 꿈틀대는 지렁이를 가리키며 비웃었다.

　"다, 닥쳐랏!"

　사천왕 중 유일하게 생존한 지국천왕이 대법존의 곁으로 다가오며 소리쳤다.

　진유검이 그를 향해 서늘한 눈빛을 보냈다.

　지국천왕은 그 눈빛에 담긴 살기를 감지하고 자신도 모르게 입을 다물고 말았다.

　"토룡(土龍)도 용은 용일지니."

　"궤변 따위는 듣고 싶지 않소."

　진유검이 더 이상 대화를 나눌 가치가 없다는 듯 몸을 일으키려 할 때 대법존이 가만히 입을 열었다.

　"법왕을 주지."

　"……."

"산외산에서 온 자들까지 덤으로."

"무슨 뜻이오?"

"본 존과 저들을 무사히 돌려보내 준다면 사천에 진출한 모든 병력을 물리는 것은 물론이고 법왕과 산외산에서 온 자들을 넘겨주겠다는 말이다."

입을 다문 진유검이 대법존의 얼굴을 쳐다보았다.

하지만 자글자글한 주름 속에 단단히 숨은 대법존의 눈에선 아무것도 알아낼 수가 없었다.

"법왕이 당신의 제자라 들었소. 어째서……."

"제자는 무슨. 차라리 사형제라는 것이 맞겠지."

말뜻을 이해하지 못한 진유검이 눈살을 찌푸리자 대법존이 입가에 미소를 띠며 말했다.

"제자라면 더욱 용서할 수 없는 것이다. 사부를 배신한 배은망덕한 죄를 저질렀으니."

"대법존과 법왕 사이에 알력이 있다는 얘기는 들은 적이 있는 것 같소."

"정보망이 완전히 먹통은 아니군. 맞다. 본 존과 법왕은 서로를 견제하며 치열한 다툼을 하고 있다. 하지만 내부의 다툼은 내부에서 끝내야 하는 것이지 이런 식으로 외부의 적을 끌어들여서야 되겠느냐?"

진유검이 흥미로운 표정을 지으며 팔짱을 꼈다.

"우선 묻지. 본 존의 거취는 마불사에서 가장 은밀하다. 법왕보다 더욱더. 한데 어떻게 본 존의 움직임을 간파하고 공격을 한 것이냐?"

"법왕인 줄 알았소."

진유검이 피식 웃으며 대답했다.

대법존의 얼굴에 노기가 솟구쳤다.

"그것이다. 놈이 본 존을 네게 팔아넘긴 것이야. 그렇지 않고선 하늘이 뒤집힌다고 해도 너희들은 본 존의 행보를 눈치채지 못했을 것이다."

"어쨌거나 상관은 없소. 당신이나 법왕이나 우리로선 모두 중요한 존재니까."

진유검의 심드렁한 태도에 대법존의 눈동자가 살짝 흔들렸다.

"놈은 차도살인지계를 펼쳤다. 너희의 손을 빌려 본 존과 본 존을 따르는 사천왕과 저들까지 제거하려 한 것이야. 더불어 그 과정에서 그대들이 피를 흘리게 된다면 금상첨화(錦上添花)."

"듣고 보니 조금 기분은 나쁘구려."

진유검이 슬쩍 맞장구를 쳤다.

말은 그리해도 전혀 기분 나빠 하는 표정은 아니었다.

"그래서, 대법존을 함정에 빠뜨린 법왕과 산외산 놈들을 우리에게 넘기겠단 말이오?"

"더불어 마불사는 사천에서 물러날 것이다."

"당신과 저들을 살려주면 말이지요."

진유검이 어느새 숫자가 들어든 백팔존자들을 가리키며 말했다.

"맞다."

"그럴듯한 제안이기는 한데 조금 웃긴다고 생각하지 않소?"

"뭐가 말이냐?"

"돌아가는 상황을 보건대 당신, 대법존은 이미 지지 기반을 거의 잃은 것 같소. 그런 상황에서 마불사의 철군 운운하는 것이 말이 된다고 생각하오? 법왕이 그걸 그냥 두고 보지 않을 텐데 말이오."

"그, 그건……."

"결국 대법존 또한 차도살인지계를 펼치려는 것이오. 우리로 하여금 법왕과 산외산에서 온 자들을 제거하여 마불사를 장악하려는 의도."

"부, 부인하진 않겠다. 하나, 네 말대로 본 존은 이미 힘을 잃었다. 강성한 법왕을 상대하느니 차라리 본 존이 마불사를 장악한 뒤 사천에서 물러나는 것이 이득이지 않느냐?"

행여나 진유검이 자신의 요구를 거부할 것은 두려워했는지 대법존의 얼굴에선 조금 전까지의 여유가 사라졌다.

진유검은 자신도 모르게 웃음을 터뜨렸다.

언젠가 지금과 똑같은 상황에서 똑같은 말을 들은 적이 있음을 떠올린 것이다.

굳이 긴 생각을 할 필요는 없었다.

어차피 법왕을 상대해야 하는 상황에서 누가 들어도 대법존의 조건은 최상이었다.

"놈들을 어떻게 넘겨줄 것이오?"

순간, 대법존의 눈동자에서 기광이 뻗쳐 나왔다.

"본 존의 제안을 받아들이는 것이냐?"

"그렇소. 하니 말하시오. 놈들을 어찌 넘겨준다는 것이오?"

"약속은……."

다시금 다짐을 받으려던 대법존은 진유검의 인상이 일그러지자 황급히 말을 바꿨다.

"문수사(文殊寺)라고 아느냐?"

"절이라는 것은 알겠소만."

"놈들은 바로 그곳에서 본 존을 기다리고 있다."

"문수사라……."

조용히 읊조리는 진유검의 몸에서 묘한 기운이 피어올

랐다.

그것이 범인은 감히 상상도 할 수 없는 투기라는 것을 눈치챈 대법존과 지국천왕은 적임에도 불구하고 두려움과 경외심이 뒤섞인 눈빛으로 진유검을 바라보았다.

75장

문수사(文殊寺)

"남궁세가를 무너뜨린 루외루의 병력에 이어 강남무림 연합군을 패퇴시킨 병력 또한 무황성을 향해 이동 중입니 다. 조만간 합류를 할 것으로 예상됩니다."

막심초의 보고에 혈륜전마가 어두운 표정으로 물었다.

"야수궁은? 놈들은 지금 어디에 있느냐?"

"일부 병력만 남겨둔 채 주력은 이미 한참 북상을 한 상 태입니다."

"루외루의 병력에 합류를 하려는 것이겠지?"

"그리 예상됩니다."

"최악의 상황이군."

미간을 찌푸린 혈륜전마가 안대 주변을 꾹꾹 눌렀다.

"역시 지원을 했어야 했나?"

혈륜전마가 사도은에게 물었다.

"어차피 놈들이 판 함정이었어. 설사 우리가 지원을 했다고 하더라도 결과는 바뀌지 않았을 것이네. 오히려 우리마저 놈들의 함정에 빠져 큰 피해를 입었겠지."

사도은의 말이 정확하다는 것을 알면서도 표정이 펴지지 않는 것을 보면 그리 위로가 되지는 않는 듯했다.

"강남무림 연합군이야 그렇다 쳐도 야수궁의 허장성세(虛張聲勢)에 넘어간 것은 흑무의 수장으로서 분명히 반성을 해야 할 일이다."

악휘가 엄한 눈초리로 막심초를 질책했다.

"죄송합니다."

막심초가 머리가 땅에 닿을 정도로 숙이며 사죄를 했다.

"놈들의 기만술이 놀라울 정도로 뛰어났다는 것은 인정하지만 잘못된 것은 잘못된 것이다. 앞으로 이런 일이 없어야 할 것이야."

"명심하겠습니다."

막심초가 다시금 고개를 숙였다.

악휘의 질책이 끝나기를 기다렸던 혈륜전마가 주위를

둘러보며 물었다.

"하니 이제 어찌해야 하는가? 지금이라도 야수궁을 쫓아가야 할까? 아니면 차라리 병력을 몰아 십만대산을 수복하는 것이 나을까?"

"어느 쪽을 선택해도 나쁘지 않군."

악휘의 말에 사도은이 너털웃음을 터뜨렸다.

"나쁘지 않다는 것은 반대로 말해 좋을 것도 없다는 말도 된다네."

"지금 상황에서 좋을 것이 있기라도 한가. 이미 최선은 사라졌고 차선이라도 택해야지. 자네는 어찌 생각하는가?"

악휘가 독수옹에게 물었다.

"지금이라도 야수궁을 쫓아야 한다고 봅니다. 최소한 그놈들만이라도 붙잡아둬야 무황성에서도 부담을 덜 것이고 본 교의 체면도 설 테니까요."

수라노괴가 회의적인 표정으로 고개를 저었다.

"그러다 역공을 받으면 버티기 힘들다고 보는데. 우리 단독으로 야수궁이라면 모를까 루외루는 도저히……."

"십만대산을 수복하여 내실을 다지는 것도 나쁘지는 않다고 봅니다."

계조월을 품에 안고 있는 귀두파파가 조용히 의견을 내

놓았다.

"같은 생각이네. 욕은 좀 먹겠지만 어차피 우리는 언제나 악역이 아니었나."

수라노괴가 귀두파파의 의견에 동조를 할 때였다.

"불가!"

나직한 음성과 함께 지금껏 강남대회전 이후, 사실상 칩거에 들어간 독고무가 모습을 보였다.

"교주님!"

독고무의 출현에 방 안에 모여 있던 모두가 황급히 일어나 예를 차렸다.

혈륜전마가 감격에 찬 얼굴로 입을 열었다.

"천마조사님의 무공은……."

싱긋 웃은 독고무가 손을 들어 혈륜전마의 말을 끊었다.

"그 얘긴 잠시 뒤로 미루고."

모두의 예를 받으며 상석에 앉은 독고무가 사도은을 돌아보며 말했다.

"대충 얘기는 들었다. 꽤나 곤란하게 되었다고."

"그렇습니다. 상황이 몹시 좋지 않습니다."

"그렇다고 해도 십만대산을 수복하는 것은 아니라고 보는데. 무황성이 무너지면 우리 또한 살아남지 못해."

"……."

자존심이 상하는 일이기는 하나 인정할 수밖에 없는 사실이기에 아무도 반박하지 못했다.

"야수궁을 맡기고 떠난 그 녀석에게도 면목도 서질 않고 말이야. 그리고 너덜너덜해진 야수궁 따위를 너무 두려워하는 것 같지 않아? 루외루는 그렇다 쳐도 야수궁 정도라면 문제가 없을 것 같은데."

독고무의 말투엔 자신감이 넘쳐흘렀다.

예전의 칼날 같던 분위기와는 전혀 다른 독고무를 보며 혈륜전마를 비롯하여 천마신교의 수뇌들은 천마조사의 마지막 심득을 얻은 독고무가 자신의 벽을 깨고 새롭게 태어났음을 직감했다.

"경하드립니다."

혈륜전마가 감격에 찬 얼굴로 허리를 꺾었다.

"경하드립니다!"

천마신교 수뇌들도 일제히 무릎을 꿇었다.

"새삼스럽기는."

그런 수하들의 모습이 민망했는지 독고무가 슬쩍 손을 내젓자 무릎을 꿇었던 이들의 몸이 제자리를 찾았다.

"천마조사님의 무공을 완전히 얻으신 겁니까?"

혈륜전마가 여전히 떨리는 음성으로 물었다.

"그런대로. 아직 완전한 것은 아니지만 부족한 부분은

시간이 해결해 주겠지."

독고무는 완전하지 않다고 말했지만 여유로운 태도나 표정을 보면 그건 또 아닌 것 같았다.

"하니 야수궁 따위를 걱정하지 말고 바로 추격할 수 있도록 준비해. 우리가 겁을 먹고 주저앉았다는 것이 유검, 아니, 풍이 놈의 귀에 들어간다고 생각해 봐. 생각만으로도 끔찍하니까."

독고무가 어울리지 않는 몸짓으로 몸을 부르르 흔들었다.

그런 독고무를 보며 천마신교 수뇌들의 입가엔 웃음이 흘렀다.

과거 독고무가 풍겼던 기운이 강철과 같았다면 지금의 독고무의 기운은 대나무와 같았다.

유능제강(柔能制剛)!

독고무는 확실히 강해졌다.

*   *   *

"오셨습니까?"

진유검은 땀으로 범벅이 된 당암과 당가의 핵심 수뇌들을 바라보며 가볍게 웃음을 흘렸다.

당암은 미처 대답할 여유도 없이 연신 거친 숨을 몰아쉬다 겨우 입을 열었다.

"전갈을 받고 얼마나 놀랐는지 모릅니다."

"상황이 워낙 급하게 돌아가다 보니 일이 그렇게 되었습니다. 이해해 주십시오."

진유검의 사과에 당암이 화들짝 놀라며 손사래를 쳤다.

"이해라니요. 대법존을 잡았습니다. 쾌거도 이런 쾌거가 없지요. 게다가 법왕과 산외산 놈들까지 도모할 수 있으니 이것이야말로 하늘이 준 기회라 생각하며 달려왔습니다."

대법존을 사로잡고 법왕까지 제거할 기회를 잡았다는 진유검의 전갈을 받고 얼마나 놀랐던가!

사천당가의 가주라는 신분만 아니라면 당장 술에 취해 춤이라도 추고 싶은 심정이었다.

"외람되지만 마불사 간자들이 눈치챈 것은 아닌지 걱정이 됩니다. 이곳이 적진인지라……."

"걱정하지 마십시오. 령주님의 당부대로 극소수의 인원만 은밀히 세가를 빠져나와 전력으로 달려왔습니다."

당암의 말에 진유검이 만족한 표정으로 고개를 끄덕였다.

"놈들이 문수사에 있는 것이 확실하오?"

신기전주 당묘수가 등에 맨 목함을 내려놓으며 물었다.

"예, 아직 문수사에 머물고 있는 것이 확실합니다."

"한데 사공세가의 지원군도 없이 우리만으로 가능하겠소? 법왕이 움직였다면 상당한 호위가 붙었을 텐데 말이오. 게다라 산외산의 악적들도 만만치 않고."

당화궁이 다소 걱정스러운 얼굴로 물었다.

"사방에 법왕이 푼 간자들이 깔려 있습니다. 사공세가의 지원군은 그자들의 눈을 속이기 위해 어쩔 수 없이 배제했습니다. 물론 사공세가의 노선배님들은 우리와 함께하실 겁니다. 저기 오시는군요."

진유검이 휴식을 취하다 때마침 걸어오는 노인들을 가리키며 말했다.

사공세가의 노고수들과 당가의 수뇌부는 정중하면서도 화기애애하게 인사를 나누었는데 사공세가의 노고수들과 인연이 깊었던 당화궁이 주도적으로 분위기를 이끌었다.

인사가 끝나고 다시금 화제가 법왕과 산외산의 무인들이 머물고 있는 문수사로 돌려졌다.

"적들의 병력은 얼마나 되는 것입니까?"

당암이 물었다.

"문수사 주변에 대략 백 명 정도가 배치되었다고 하더군요."

"예?"

생각보다 적은 인원에 당암이 의아한 얼굴을 하자 진유
검이 웃음을 지으며 말했다.

"사천무림에도 다소 문제가 있었다시피 그쪽에서도 제
법 심각한 문제가 있었던 모양입니다."

"문제라면……."

"저들끼리 약간의 알력 다툼이 있다는 것은 다들 아실
겁니다. 한데 그것이 단순한 알력 다툼이 아니었습니다.
목숨을 건 권력 다툼이라고나 할까요? 전대 법왕과 현 법
왕의."

목숨을 건 권력 다툼이란 말에 곳곳에서 탄성이 터져 나
왔다.

그 어떤 이유보다 명확했기 때문이었다.

"애당초 우리가 대법존을 잡을 수 있었던 이유도 바로
거기에 있었습니다."

"하면 우리가 법왕의 이동 경로를 눈치챌 수 있었던 것
이 법왕의 의도였단 말입니까?"

"그렇습니다. 엄밀히 말하면 법왕의 이동 경로가 아니
라 대법존의 이동 경로였습니다. 산외산의 지지를 받은
법왕이 우리의 손을 빌려 대법존을 제거하기 위해 은밀히
정보를 흘린 것이었지요. 법왕은 마불사를 지원하기 위해

사천에 도착한 산외산 무인들을 환영한다는 핑계로 연회를 열었고 그곳에 대법존을 초대하였습니다. 거부할 명분이 없던 대법존이 연회 장소인 문수사로 향하다 미리 정보를 입수하고 대기하고 있던 우리에게 공격을 당한 것입니다."

"차도살인지계로군요. 게다가 싸움의 결과가 어찌 되든 양측이 큰 피해를 당할 테니 그 이상의 이득도 없을 테고요."

"예, 그렇습니다."

"한데 조금 마음에 걸리는 것이 있소만."

묵묵히 설명을 듣던 당후인이 다소 걱정스러운 표정으로 입을 열었다.

"무엇입니까?"

"대법존이든 법왕이든 산외산의 수족임은 변할 수 없는 것. 한데 그런 대법존이 산외산의 지지를 받는 법왕과 그저 약간의 마찰이라면 모를까 마불사의 권력을 놓고 다툰다는 것 자체가 말이 되지 않는 것 같소만."

"거기엔 그럴 만한 이유가 있습니다."

이미 설명을 들은 것인지 사공세가의 노고수들은 별다른 반응이 없었지만 당가의 수뇌들은 달랐다.

행여나 놓치는 것이라도 있을까 귀를 쫑긋 세우고 진유

검의 입을 바라보았다.

"산외산에서도 마불사와 비슷한 상황이 벌어졌던 모양입니다."

"비슷한 상황이라면 그들도 내부에서 암투가 있었단 말입니까?"

당암이 놀라 물었다.

"예, 얼마 전 현 산외산주가 단우 노야를 지지하는 자들을 모조리 제거했다고 하는군요."

"그런 일이!"

"대법존은 단우 노야를 따르는 자였습니다. 오랜 세월 동안 산외산은 물론이고 세외사패에 이르기까지 그 누구보다 강력한 영향력을 행사하던 단우 노야가 실종이 되고 수족들마저 모조리 잘려 나가는 상황에서 그가 선택할 수 있었던 것은 법왕의 지위를 물려주고 대법존으로 물러나는 것뿐이었습니다."

"그랬구려. 하긴, 그런 상황이라면 법왕 입장에서도 언제라도 반기를 들 인물을 놔두긴 쉽지 않았겠소."

당후인이 이해했다는 얼굴로 고개를 끄덕였다.

"그런데 또 하나 재밌는 일이 있습니다."

진유검의 의미심장한 웃음에 당가의 수뇌들은 다시금 숨을 죽였다.

"법왕은 문수사에서 벌어지는 연회를 이용하여 대법존과 우리에게 큰 피해를 안기려 했는데 대법존 역시 같은 생각을 하고 있었다는 겁니다."

"같은 생각이라면……."

"역으로 법왕을 제거하려 한 것이지요. 대법존 휘하에 있는 오십 명의 아라한들을 문수사 주변에 은밀히 잠복시켰다고 하는군요. 지금도 그 아라한들은 대법존의 명이 떨어지기만을 기다리고 있습니다."

"욕심이 과했군요. 겨우 오십을 가지고."

당암이 혀를 차자 진유검이 고개를 저었다.

"대법존과 함께 이동했던 자들의 면면을 살펴보면 결코 부족하지 않습니다. 사천왕과 대법존을 지지하는 백팔존자들의 실력이 상당했습니다. 그에 반해 문수사에서 그들과 견줄 수 있는 실력자들은 법왕과 산외산의 무인들뿐입니다. 대법존 말로는 같은 백팔존자라도 수준 차이가 있다는군요. 숫자도 몇 안 되고."

"어쩌면 그 또한 법왕의 계책인 것 같습니다. 대법존이 확실한 승산이 있다고 판단하여 움직이도록 만든 것이지요."

"그래 보입니다. 하지만 그럼에도 불구하고 대법존은 처음부터 그들을 공격할 생각은 없었습니다. 설사 그들을 제거하는 데 성공을 하더라도 산외산의 분노를 감당할 여력이 없었기 때문이지요."

무의식적으로 고개를 끄덕이던 당암은 진유검의 말에서 뭔가 묘한 느낌을 받았다.

그리고 그것이 무엇인지 가만히 생각해 보다 두 눈을 부릅떴다.

"서, 설마 단우 노야가 돌아온 것입니까?"

"정확합니다. 실종되었던 단우 노야의 밀지를 받았다고 하더군요. 마불사를 장악하라는."

단우 노야라는 말에 당가의 수뇌들 모두 경악에 찬 얼굴로 진유검을 바라보았다.

강남대회전에서 벌어진 단우 노야와 진유검의 대결은 이미 무림에 전설이 된 터.

진유검에 버금가는 실력자로 알려진 단우 노야의 존재는 다시금 무림에 재앙을 몰고 올 것이 분명했기 때문이었다.

"아, 그리고 조금 전 병력이 부족하다고 말씀하셨던가요?"

진유검이 당후인을 바라보며 물었다.

당후인이 질문의 요지를 정확하게 이해하지 못해 머뭇거리자 진유검이 씨익 웃으며 말을 이었다.

"대법존이 준비한 오십 명의 아라한. 그들이 함께 싸워 줄 것입니다."

"허! 아무리 대법존이 포로가 되었다고 해도 그것이 가 능한 것이오?"

"그뿐만이 아닙니다. 법왕과 산외산의 무인들을 제거해 주면 마불사를 철수시키겠다는 약속도 하더군요."

예상치 못한 말에 당가의 수뇌들이 술렁거렸다.

대부분의 사람들이 오늘 이후, 어쩌면 사천무림을 뒤덮 은 암운을 걷어낼 수 있을지도 모른다는 기대감을 드러냈 다.

"그의 말을 믿는 것입니까?"

당암이 조심스레 물었다.

"설마요. 어차피 같은 종자입니다. 순순히 믿었으면 대 법존이 숨긴 아라한도 얻어내지 못했을 것이고 단우 노야 가 움직이고 있음도 알지 못했을 것입니다. 그래도 약속은 했으니 목숨 정도는 살려줄 생각입니다."

진유검은 약속을 어겼다면서 저주의 말을 퍼붓던 대법 존을 떠올리며 피식 웃음을 터뜨렸다.

대법존의 입을 통해 법왕이 문수사에 있다는 것을 알아 낸 직후, 진유검이 가장 먼저 한 일은 사공세가의 노고수 들과 싸우던 백팔존자들을 제압하는 일이었다.

대법존이 그들을 설득하겠다는 말을 간단히 무시한 진유검의 무자비한 살수에 백팔존자들은 저마다 치명적인 부상을 입고 쓰러졌는데 목숨을 부지한다고 해도 다시는 예전과 같은 무공을 회복할 수 없을 정도의 부상이었다.

이에 두려움을 느낀 대법존은 그가 감추고 있던, 단우 노야가 보내온 밀지같이 진유검에게 유용한 정보를 넘기며 자신의 안위를 지키려고 했다. 심지어 재기의 발판이 될 수 있는 오십 명의 아라한까지 넘겨가며 진유검의 환심을 사려고 노력했다.

"우리의 공격과 동시에 숨어 있던 아라한들 또한 공격을 할 것입니다."

"대법존과 백팔존자들은 사공세가가 본가로 압송 중이라 들었습니다. 한데 아라한들이 우리의 명을 따르겠습니까?"

당암이 우려의 눈길을 보냈다.

"간자들의 눈을 피해 목숨을 부지한 사천왕 중 한 명을 은밀히 빼돌렸습니다. 대법존과 동료들의 목숨이 걸려 있고 법왕에 대한 원한도 확실하니 걱정하지 않으셔도 될 겁니다. 천강육좌께서 바로 곁에서 감시를 하고 있습니다. 함부로 수작을 부리진 못할 것입니다."

"역시 수호령주요. 정말 완벽하게 일을 계획하시었소."

당화궁이 깊은 감탄과 함께 무한한 신뢰의 눈빛을 보냈다.

"과분한 칭찬입니다. 아, 그건 그렇고 제가 부탁드린 것은 준비가 되었습니까?"

진유검의 물음에 모두의 시선이 신기전주 당묘수에게 향했다.

당묘수가 앞에 놓인 목함을 열고 주먹만 한 쇠구슬 하나를 꺼내 들었다.

"벽력탄이 없어 대신 준비했소. 본가에서도 마지막 남은 것이니 위력은 걱정하지 않아도 될 것이오."

당가에서도 마지막 남은 것이라는 말에 진유검은 그 위력에 대해선 추호의 의심도 하지 않았다.

"자, 그리고 다들 이것들을 받으시게. 당가가 어떤 곳인지 확실하게 보여줘야지."

당묘수는 목함에서 꺼낸 각종 물건들을 당가의 수뇌들에게 전달했다.

진유검은 그 물건들이 무엇인지 알지 못했다.

하지만 물건을 받아 든 자들이 그것을 신외지물처럼 조심히 다루는 것을 보곤 무림인들에겐 전설처럼 내려오는 당가의 암기들이 아닐까 미루어 짐작했다.

진유검이 옆에 서 있던 전풍에게 쇠구슬을 건네며 말

했다.

"자, 받아. 선물이다."

*   *   *

"좋아요, 아주 좋아요."

법왕의 괴기한 웃음소리가 대웅전에 울려 퍼졌다.

"자, 한 잔 받아요, 사제."

법왕이 종무외에게 술잔을 건넸다.

법왕은 단숨에 잔을 비우는 종무외를 보며 흡족한 미소
를 지었다.

"더 이상 좋을 수 없을 정도로 모든 계획이 완벽하게 들
어맞았어요. 이게 모두 종 사제 덕분이에요."

"그저 대법존의 움직임을 적에게 흘린 것뿐. 계획이랄
것도 없었습니다."

종무외가 다시금 술잔을 들며 그다지 대수로울 것 없다
는 듯 말했다.

"아니지요. 그동안 온갖 핑계를 대면서 처박혀 있던 대
법존을 움직였다는 것 자체가 대단한 거예요. 뭐, 그럴듯
하게 포장해서 놈들에게 알려준 것이야 우리가 했지만."

"그래도 조금 아쉽기는 합니다. 두렵기도 하고요."

"뭐가요?"

법왕이 눈을 살짝 치켜뜨며 물었다.

"대법존을 비롯해서 백팔존자들이 대거 폐인이 되었습니다. 사천왕 중 셋이 목숨을 잃었고요. 그에 반해 적에게 입힌 타격이 너무 적다는 생각이 듭니다. 그것이 가능했던 것은 역시 수호령주의 무위겠지요."

"사제는 그가 두려운 모양이지요?"

순간, 종무외의 짙은 눈썹이 꿈틀댔다.

눈가에 은은한 노기가 깃들었지만 그것도 잠시였다.

자존심을 내세우고 싶어도 냉정히 말해 자신은 수호령주의 상대가 될 수 없었다.

"노야를 꺾은 자입니다. 솔직히 두렵지 않다는 말은 거짓말이겠지요."

"난 이래서 사제가 좋아요. 솔직하니까. 호호호!"

여자인지 남자인지 구분이 안 될 정도로 간드러지는 법왕의 웃음소리에 만성이 된 종무외는 별다른 표정 변화가 없었지만 나머지 사제들은 그렇지 못했다.

특히 천포의 일그러진 표정은 가관이었다.

"아무튼 대법존은 계획대로 제거했어요. 이제 수호령주를 상대할 방법을 세워야겠지요?"

"……."

"그때도 얘기를 했지만 우리의 힘만으론 그를 상대하기 힘들어요. 사제들이 의도한 처음 계획과는 다르겠지만."

법왕의 눈동자가 순간적으로 광기에 휩싸였다가 원래대로 돌아왔다.

"사제들이 도와줘야겠어요."

법왕의 시선이 종무외와 그의 사제들에게 꽂혔다.

"당연히 그래야겠지요. 하지만……."

"하지만이란 말은 듣고 싶지 않군요."

법왕이 차갑게 종무외의 말을 끊었지만 종무외는 말을 멈추지 않았다.

"산주께서 우리에게 내리신 명령은 방법을 강구할 때까지 그와 정면 대결을 피하라는 것이었습니다."

"그때까지는 우리가 전적으로 희생을 하라는 말이군요."

"그것이 아니라……."

"왜 그럴까요? 대사형은 우리가 필요하지 않은 걸까요?"

싱글싱글 웃으며 질문하는 법왕.

순간, 종무외는 심장이 덜컥 내려앉는 듯했다.

"사제에게 물어볼게요. 마불사가 산외산의 수족인가요?"

종무외는 대답하지 못했다.

"그리 어려운 대답도 아닌데 뭘 망설여요. 수족 맞아요. 처음부터 지금까지 계속."

법왕이 가만히 술잔을 들었다.

"그런데 나는 산외산의, 아니, 대사형의 수족일까요?"

종무외는 여전히 대답하지 못했다.

"음, 나도 고민이 되긴 해요. 과연 내가 대사형의 수족인지 아닌지. 사부한테 물어보면 답이 딱 나오겠는데 이 영감이 언제 나타날지 알 수가 없으니."

법왕은 웃는 낯으로 떠들어댔지만 듣고 있는 종무외나 그의 사제들은 그럴 수가 없었다.

법왕이 실종된 단우 노야를 언급하는 것 자체가 그들에겐 부담이었고 위협이었다.

수틀리면 줄을 바꿔 잡을 수도 있다는 뜻을 내비치는 것이기 때문이었다.

"그런데 사제는 수호령주와의 정면 대결을 정말 피할 생각인가요?"

사형제들 사이에서 냉정하기로 유명한 종무외의 눈동자가 흔들렸다.

자신의 대답 여하에 따라 법왕의, 마불사의 거취가 결정될 수도 있다는 생각 때문이었다.

잠시 고민하던 종무외가 무거운 표정으로 대답했다.

"굳이 피할 생각은 없습니다."

종무외의 사제들이 깜짝 놀란 눈으로 종무외를 바라봤다.

"대사형의 명을 거역하는 건데도요?"

"어쩔 수 없는 상황이라면 싸워야겠지요. 언제고 부딪칠 상대입니다. 그리고 사형 말씀대로 마불사의 희생만 강요할 수는 없으니까요."

이쯤 되면 백기 투항이나 마찬가지였다.

종무외의 음성이 어딘지 모르게 허탈하게 들렸다.

"듣던 중 반가운 소리네요. 난 사제가 그렇게 얘기해 줄 것이라 믿고 있었어요. 그런 의미에서 다들 잔을 들까요?"

법왕이 술잔을 치켜들자 모두가 잔을 들었다.

그렇게 몇 순배가 지날 때였다.

법왕의 곁을 지키던 호열존자가 조용히 물었다.

"그런데 그 아이들은 어찌 처리할까요?"

"그 아이들? 아! 대법존이 데리고 다니던 아라한들 말이지요? 인근에 은신하고 있다던."

"예."

"죽여 버려요."

"예?"

호열존자가 자신도 모르게 반문했다.

"뭘 놀라요? 대법존이 시켰든 어쨌든 내 목숨을 노린 놈들이잖아요. 어떻게 생각해요? 그런 놈들을 용서한다는 게 말이 된다고 생각해요?"

"용서… 해선 안 된다고 봅니다."

"그러니까요. 단 한 놈도 빠짐없이 목을 잘라야 하는 거예요. 뭐 해요, 어서 가지 않고?"

"제가……."

"아니면 내가 직접 갈까요?"

법왕이 눈을 동그랗게 뜨고 되물었다.

"아, 아닙니다. 당장 다녀오겠습니다."

당황한 호열존자가 벌떡 일어나 대웅전의 문고리를 잡았을 때 조용했던 문수사가 시끄러워지기 시작했다.

*   *   *

"이거 얘기가 다르잖아요?"

전풍이 속속 출몰하는 고수들을 보며 다급히 외쳤다.

"그러게. 전해 들은 것보다 확실히 많네. 대법존이 사기를 쳤을 리는 없는데."

전풍의 바로 뒤에서 뒤따르던 진유검 역시 대법존이 말한 것보다 훨씬 많은 고수가 문수사에 머물고 있음에 적지 않게 당황했다.

"어째요? 그냥 강행합니까?"

"돌리기엔 너무 늦었어. 그리고 여기까지 와서 그냥 돌아가는 것도 그렇잖아."

"알았습니다. 뭐, 나야 그냥 내빼면 되니까."

"마음대로 해. 대신 실수 없이 해야 된다."

"맡겨두라니까요."

자신만만하게 외친 전풍의 신형이 눈 깜짝할 사이에 앞으로 내달렸다.

진유검이 최대한의 속도로 따라붙었지만 백보운제를 극성으로 끌어 올린 전풍의 속도는 가히 바람과 같았다.

전풍을 막기 위해 사방에서 공격이 쏟아졌다.

전풍은 딱히 어떤 방어나 반격을 하는 대신 슬쩍슬쩍 방향을 바꿔가며 속도를 더욱 높이는 것만으로 모든 공격을 회피했다.

'저기군.'

대웅전을 확인한 전풍이 눈이 반짝거렸다.

어느새 손에는 당묘수로부터 받은 쇠구슬이 들려 있었다.

'우선 여기를 돌려야 심지에 불이 붙는다고 했지.'

쇠구슬 위쪽에 살짝 튀어나온 부분을 꺾어 돌린 전풍이 힘차게 발을 구르며 도약했다. 워낙 빠른 속도였기에 도약

거리도 엄청났다.

단숨에 대웅전 지붕 위로 뛰어오른 전풍이 기와를 딛고 재차 도약을 하기 전, 쇠구슬을 지붕 위로 던졌다.

맹렬한 속도로 날아간 쇠구슬이 지붕을 뚫고 대웅전 내부에 떨어졌다.

"이것으로 내 할 일은 끝났고."

쇠구슬이 정확히 대웅전 지붕을 파고들어 가는 것을 확인한 전풍은 뒤도 돌아보지 않고 달려갔다.

뒤따르는 추격자도 추격자였지만 당묘수로부터 쇠구슬이 얼마나 위험한 물건인지 몇 차례나 강조해서 들었기 때문이었다.

전풍이 대웅전에서 이십여 장을 벗어났을 때였다.

쾅!

엄청난 폭음과 함께 대웅전의 지붕이 폭삭 내려앉았다.

담벼락이 모두 찢겨 나가고 대웅전을 떠받치고 있던 기둥마저 대부분이 부러져 나갔다.

"자, 장난 아니네."

전풍은 거대했던 대웅전이 고작 주먹만 한 쇠구슬 하나에 박살이 나는 것을 보며 입을 쩍 벌렸다.

전풍을 추격하던 이들 또한 지금껏 보지 못한 광경에 멍한 얼굴이었는데 추격자들 중 몇몇은 대웅전 지붕을 벗어나지 못하고 폭발에 휘말려 그대로 숨이 끊어지기도 했다.

"대, 대체 어떤 놈들이!"

휘몰아친 연기와 먼지를 뚫고 나타난 법왕이 사방을 둘러보며 소리를 질렀다.

별다른 부상 없이 무사히 빠져나온 듯했지만 화려한 모습은 오간 데 없고 몰골이 말이 아니었다.

"괘, 괜찮으십니까?"

호열존자가 곁으로 다가오며 물었다.

가슴 어귀에서 피가 보이는 것을 보며 대웅전을 무너뜨린 폭발에 부상을 당한 것 같았다. 하지만 법왕의 눈에는 수하의 부상 따위는 눈에 들어오지도 않았다.

"이게 괜찮은 것으로 보이나요?"

살기가 넘실대는 음성에 자신도 모르게 한 걸음 물러난 호열존자의 등에서 식은땀이 흘렀다.

그사이 종무외 역시 사제들을 챙기느라 정신이 없었다.

"다들 괜찮으냐?"

종무외가 잔뜩 피어오른 먼지를 헤치며 물었다.

"전 괜찮습니다, 사형."

천포의 음성이었다.

"저도 괜찮습니다."

등영의 음성이었다.

"약간 다치기는 했지만 무사합니다."

"어깨에 부상을 당했습니다만 견딜 만합니다."

곳곳에서 들려오는 사제들의 음성을 들으며 잔뜩 굳었던 종무외는 표정이 살짝 펴졌다.

이번 공격은 정말 위험했다.

만약 밖에서 들려오는 소음에 신경을 쓰지 않았다면, 지붕을 뚫고 떨어진 쇠구슬을 만만히 보았다면 그들이 당할 피해는 상상을 초월했을 터였다.

물론 범인과는 비교도 되지 않는 본능적인 움직임과 저마다 제 몸 정도는 지킬 수 있는 호신강기를 지니고 있기에 목숨을 잃는 사람은 없었을지 몰라도 대웅전과 같은 거대한 건물마저 한 방에 날려 보낼 수 있는 위력의 폭발이라면 치명상을 면하기도 힘들었을 것이다.

'한데 대체 누구란 말이냐?'

문수사는 현재 마불사의 영역 안에 있었고 법왕을 보호하기 위해 사방에 경계 병력이 깔려 있는 상태였다. 그런 경계를 뚫고 접근해 대웅전에 그런 화탄을 던질 수 있는 인물이 있다는 것은 놀라운 일이었다.

문득 한 사람의 이름이 뇌리에 떠올랐다.

'설마 수호령주? 하지만 그는 사공세가와 함께 당가로 떠났다는…….'

종무외의 생각은 이어지지 못했다.

자신을 향해 뭔가가 다가오고 있음을 직감적으로 느낀 것이다.

생각보다 몸이 먼저 움직였다.

서걱!

섬뜩한 기운과 함께 피가 확 튀어올랐다.

왼쪽 볼에 깊은 상처가 생겼다.

조금만 늦게 움직였어도 미간이 꿰뚫려 목숨을 잃었을 터였다.

종무외의 몸이 땅바닥을 굴렀다.

자세를 바로 하기도 전에 그가 사제들을 향해 외쳤다.

"조심해!"

그러나 늦었다.

종무외의 볼에 상처를 낸 검은 그를 향해 걸어오던 사제들에게 치명상을 안겼다.

한 명은 아랫배가 관통되어 쓰러졌고 또 다른 한 명은 오른쪽 어깨가 통째로 날아갔다.

가장 뒤에 있던 사제는 목에 박힌 검을 붙잡고 선신을 부르르 떨고 있었다.

뜨거운 피가 종무외의 얼굴에 뿌려졌다.

사제들이 흘린 피로 흠뻑 젖은 종무외가 멈칫거리는 순

간 진유검이 신형이 그의 등 뒤에 유령처럼 나타났다.

종무외가 진유검의 등장을 눈치챘을 땐 진유검의 연화장이 이미 그의 코앞까지 짓쳐 들고 있었다.

절체절명의 순간, 진유검의 왼쪽 옆구리를 파고드는 검이 있었다.

누군가 종무외를 향해 다가가는 것을 눈치채곤 필사적으로 달려온 천포였다.

진유검이 장력의 방향을 틀어 천포의 검을 후려쳤다.

장력의 힘을 감당하지 못한 천포가 검을 놓쳤다.

천포의 얼굴이 참담하게 일그러졌다.

무인으로서 생명과도 같은 검을 놓친다는 것은 실로 치욕스런 일이었고 스스로도 용납할 수 없었기 때문이었다.

천포가 진유검을 향해 주먹을 내뻗으며 발끝으로 놓친 검을 차올렸다.

진유검은 천포가 내지른 주먹을 손등으로 툭 쳐서 흘리곤 손목을 빙글돌려 상대의 팔뚝을 낚아챘다. 동시에 천포가 차올린 검을 왼발로 내리찍어 그의 발등에 박아버렸다.

"악!"

자신의 검에 발등이 찍힌 천포의 입에서 비명이 터져 나왔다.

비명이 끝나기도 전, 진유검의 손에 잡힌 팔뚝이 그대로 부러지고 팔뚝에 이어 가슴에 연화장이 작렬했다.

검이 발등에 박힌 채 연화장을 고스란히 맞은 천포는 상체를 움찔하는가 싶더니 이내 축 늘어졌다.

"천 사제!"

코앞에서 천포의 죽음을 본 종무외의 울부짖음이 문수사를 쩌렁쩌렁 울렸다.

마치 그것이 신호라도 되는 듯 곳곳에서 함성 소리가 터져 나왔다.

"네놈, 수호령주겠지?"

종무외가 얼굴에 묻은 피를 손바닥으로 쓰윽 닦아내며 물었다.

진유검은 대답대신 천포의 발등에 박힌 검을 빼 들더니 종무외와 주변으로 몰려든 그의 사제들을 향해 검을 겨누었다.

"산외산?"

"찢어 죽여주마."

천포와 유난히 사이가 좋았던 등영이 살기를 폭사시키며 소리쳤다.

"할 수 있다면. 하지만 그 전에 네 목숨이나 걱정해라."

진유검의 비웃음에 이상함을 느낀 등영이 몸을 홱 돌렸다.

대웅전 주변을 뿌옇게 흐린 먼지를 가르며 전풍이 달려오고 있었다.

전풍을 살피던 등영의 입꼬리가 치켜 올라갔다.

놀라울 정도로 빨랐다.

느껴지는 기세를 감안했을 때 어느 정도 실력도 있어 보였다.

하지만 그뿐이었다.

등영이 살짝 몸을 숙였다.

등영의 자세를 보며 종무외는 필승을 자신했다.

산외산의 무인 중 가장 빠른 검을 지닌 등영이었다.

아무리 상대의 움직임이 빠르다고 해도 등영의 검이라면 능히 베어버릴 것이라 여겼다.

바람처럼 달려오던 전풍이 뭔가를 던졌다.

달리던 속도가 더해지자 물건은 등영을 향해 엄청난 속도로 짓쳐 들었다.

등영의 검이 번뜩이고 전풍이 던진 물건은 그에게 접근조차 하지 못한 채 허공에서 허무하게 산화했다.

등영의 어깨가 다시금 움찔거리자 검은 어느새 전풍의 목덜미에 도착해 있었다.

기겁한 전풍이 죽을힘을 다해 몸을 틀었다.

목덜미에 혈선이 그어지며 피가 살짝 배어 나왔다.

"더럽게 빠르네."

그 한마디만을 남기고 전풍의 신형은 그들의 시야에서 사라졌다.

등영이 확실하게 전풍의 목숨을 취하지 못한 것을 억울해하면서도 진유검을 향해 당당히 고개를 돌렸다.

마치 '이래도 내 목숨을 걱정해야 하는 것이냐?' 하고 외치는 듯한 모습이었다.

"훌륭한 쾌검이야. 단섬과 비교해도 크게 부족하지 않겠어. 하지만 안타깝군. 그것으로 끝일 테니까."

"무슨 헛소리를……."

등영은 말을 잇지 못하고 눈을 부릅떴다.

죽을 때가 아니라면 놓지 않는다는 검이 힘없이 땅에 떨어졌다.

"사… 제?"

뒷걸음질 치는 등영을 이상한 눈으로 바라보던 종무외가 그를 향해 다가가려 할 때였다.

"오, 오지 마십시오."

"무슨 일이야?"

"오지 마!"

버럭 소리를 지른 등영이 비틀거리며 자신의 손을 바라보았다.

손은 이미 새까맣게 변해 있었다.

얼굴을 쓰다듬자 썩은 살점이 뚝뚝 떨어져 내렸다.

"절망사(絶望沙)라고 하더군. 사천당가가 봉인한 십대암기 중 하나. 사천당가의 독은 과연 무서워. 쯧쯧, 그러게 아무런 생각 없이 물건을 건드려서야."

등영은 진유검의 비웃음과 안타까움이 교차하는 음성을 듣지 못했다.

절망사는 그 짧은 시간마저 허락하지 않을 정도로 치명적인 위력을 지녔기 때문이었다.

"남은 인원은 이제 다섯."

진유검이 넋을 잃고 바라보는 종무외와 그의 사제들을 돌아보며 말했다.

그 말을 들은 종무외는 비로소 사제들의 수가 절반으로 줄어든 것을 인식하곤 할 말을 잃었다.

사제들이 누구던가.

산외산을 대표하는 무인들이자 가히 일당백의 실력을 지닌 고수들.

단 열다섯으로 사공세가의 지원군을 도륙하고 청룡대마저 간단히 몰살시켜 버리는, 능히 한 지역의 패주가 될 정도의 무공을 지닌 사제들이 이토록 허무하게 목숨을 잃을 줄은 상상도 하지 못했다.

종무외의 시선이 눈앞에서 벌어진 일들이 자신과는 별개의 일이라는 듯 천연덕스럽게 서 있는 진유검에게 향했다.

무황성의 수호령주이자 천하제일인이라 불리는 절대고수.

그럼에도 그의 전신에서는 아무런 기운도 느껴지지 않았다.

너무도 평범하여 그의 진실된 정체를 모른다면 벌레 한마리 잡지 못할 백면서생이라 착각할 정도였다.

절대로 넘을 수 없는 거대한 산과 같았던 사부가 어째서 패했는지 조금은 이해할 수 있었다. 또한 어째서 대사형과 이사형이 절대로 맞서지 말고 피하라고 했는지도.

"하지만 일은 이미 벌어졌고."

종무외가 조용히 중얼거렸다.

얼굴에 드리웠던 두려움은 어느새 사라지고 없었다.

"당신 같은 강자를 만나 기쁘다."

솔직한 심정이었다.

종무외가 진유검을 향해 포권을 하며 환히 웃었다.

76장

혼수막어(混水膜漁)

"공격하라!"

지국천왕이 석장을 치켜들며 소리쳤다.

명령이 떨어지는 것과 동시에 대법존의 명을 받고 문수사 주변에 은신하고 있던 오십 명의 아라한이 일제히 함성을 지르며 달리기 시작했다.

"적이다!"

"막아랏!"

경계를 서고 있던 마승들이 적의 침입을 알리는 비상 신호를 울리며 아라한들과 맞서기 시작했다.

경계를 담당하는 마승과는 달리 아라한들은 대법존을 호위하기 위해 특별히 뽑은 고수들인지라 마승들은 수적인 우위에도 불구하고 속절없이 무너져 내렸다.

"손속에 자비를 두지 마라. 모조리 쳐 죽여!"

승기를 잡았다고 판단한 지국천왕이 연신 석장을 흔들어대며 아라한들을 독려했다.

"명색이 부처를 모신다는 작자가."

지국천왕이 별다른 계략을 꾸미지 않고 아라한들을 움직이는지 감시를 하기 위해 함께한 임소한은 광소를 터뜨리며 발광하는 지국천왕의 모습에 어이가 없다는 표정을 지었다.

"상관은 없겠지. 령주님 말씀대로 어차피 같은 종자일 뿐이고 우린 그저 법왕만 잡으면 그만이니까."

애써 생각을 비운 임소한은 철저하게 제삼자의 입장에서 아라한들의 싸움을 지켜보았다.

대법존이 자신했을 정도로 오십 명의 아라한이 지닌 무공은 뛰어났다.

거의 두 배가 넘는 마승들을 상대하면서도 압도적인 기세를 보여줬다.

"생각보다 일이 쉽게 풀리겠군."

그 말이 끝나기도 전, 문수사 곳곳에서 경계를 서던 마승들과는 전혀 다른 분위기를 풍기는 자들이 속속 모습을 보였다.

마불사에서 백팔존자를 제외하곤 가장 강하다고 일컬어지는 호심각의 마승들이었다.

그 숫자 또한 백여 명에 육박했다.

그들을 보는 임소한의 표정이 딱딱히 굳었다.

"대법존이 알려준 정보가 어긋났다. 그렇다면……."

임소한이 창백해진 얼굴로 진유검과 전풍이 치고 들어간 문수사 내부를 향해 고개를 돌렸다.

폭발음이 들린 지는 이미 한참 전이고 지금쯤이면 치열한 싸움이 벌어지고 있을 터.

어떤 상황이 벌어지고 있을지 가늠조차 되지 않았다.

머뭇거릴 시간이 없었다.

임소한은 새로운 적의 출현으로 당황하고 있는 지국천왕을 힐끗 바라보곤 그대로 몸을 날렸다.

움직이는 방향은 문수사 내부, 진유검과 전풍이 곤경에 처해 있을 곳이었다.

한데 임소한만 그런 생각을 한 것은 아니있다.

진유검과 전풍의 효과적인 기습을 위해 일부러 약간의 시간 차를 두고 움직이던 사공세가와 당가의 고수들은 예상치 못하던 적의 등장과 동시에 일제히 전장에 뛰어들었다.

일부는 아라한들을 돕기 위해 움직였고 일부는 진유검을 도와 법왕을 잡기 위해 곧바로 문수사 내부로 달려갔다.

쐐애액!

대기를 가르는 날카로운 파공성과 함께 섬뜩한 검날이 좌측 옆구리를 파고들었다.

사공세가의 지원군을 이끌고 온 사공위가 여유롭게 발을 놀려 호심각 마승의 공격을 피하곤 손등으로 그의 얼굴을 후려쳤다.

너무도 빠른 사공위의 역공에 당황한 마승이 황급히 검을 휘수하며 몸을 틀었지만 전대 무황의 사촌 형이자 배분이 아닌 순수하게 나이로만 따져 사공세가의 가장 큰어른이라 할 수 있는 사공위의 움직임은 그가 예상한 범위를 훨씬 뛰어넘는 것이었다.

"크악!"

사공위의 손에 얼굴을 맞은 마승이 외마디 비명을 터뜨리며 비참한 몰골로 땅바닥을 기었다.

피가 줄줄 흘러내리는 입에선 이빨이 하나도 남아 있지 않았다.

단 한 번의 공격으로 동료를 잃은 호심각의 마승들이 괴성을 질러대며 달려들었다.

사공위는 발아래서 꿈틀대는 마승의 목을 지그시 눌러 부러뜨리곤 자신을 향해 달려오는 적들을 향해 걸어찼다.

그 힘이 어찌나 대단했는지 동료의 몸을 받아 든 마승 둘이 힘을 감당하지 못하고 나뒹굴 정도였다.

사공위가 한 발을 뒤로 빼며 좌측으로 회전했다.

때마침 짓쳐 든 계도(戒刀)가 그의 옆구리를 아슬아슬하게 스쳐 지나갔다.

계도의 주인은 미처 칼을 거두지도 못하고 사공위가 휘두른 주먹에 가슴을 맞고 심장이 터져 즉사했다.

"죽어랏!"

악에 받친 외침과 함께 사방에서 계도가 날아들었다.

사공위가 몸을 뒤로 젖혔다.

계도 하나가 그의 코끝을 스치며 지나가고 그 찰나 사공위의 손가락이 계도를 위쪽으로 살짝 쳐 냈다.

방향을 바꾼 계도가 다른 계도의 움직임을 방해하며 사공위가 빠져나갈 공간을 만들었다.

누였던 몸을 일으키며 계도의 방향을 잃고 헤매는 마승의 팔을 낚아챈 사공위가 자신에게 사로잡힌 마승을 후미에서 찔러오는 계도에 대한 방패로 삼았다.

푸욱!

기분 나쁜 소음과 함께 방패로 쓰인 마승의 입에선 고통의 비명이, 어쩌다 동료의 목숨을 거둔 마승의 입에선 분노의 탄식이 터져 나왔다.

"괴물 같은 늙은이!"

욕설을 내뱉은 마승이 동료의 가슴에서 계도를 빼내려는 순간, 사공위가 숨이 끊어진 마승을 그에게 밀어붙이며 장력을 날렸다.

깜짝 놀란 마승이 계도를 버리고 장력을 피해 몸을 날렸지만 그를 기다리고 있는 것은 아름드리나무마저 두 동강을 내버린다는 사공위의 발길질이었다.

사공위의 발에 옆구리를 맞은 마승은 무려 삼 장이나 날아가 처박혔다.

옆구리의 뼈는 물론이고 장기마저 모조리 박살이 난 마승은 숨이 막힌 듯 답답한 신음을 몇 번 뱉어내다가 힘없이 숨이 끊어졌다.

촌각도 되지 않는 짧은 시간 동안 네 명의 마승의 숨통을 끊어버린 사공위는 저주에 가까운 독설을 날리며 포위망을 좁혀오는 호심각의 마승들을 무심한 표정으로 바라보았다.

짧은 시간이나마 제법 거칠게 움직였음에도 호흡은 여

전히 평온했고 머리카락 하나 흐트러지지 않았다.

사방에서 옥죄어 오는 적들의 살기에 온전히 노출되었음에도 사공위는 전혀 동요하지 않았다.

오히려 올 테면 오라는 듯 오연한 자세로 지금껏 뽑지 않았던 검을 손에 들었다.

그런 사공위의 기세에 호심각의 마승들은 쉽게 공격을 감행하지 못했다.

세상천지 두려울 것이 없다는 그들이 사공위의 전신에서 뿜어져 나오는 기세에 눌린 것이다.

"오지 않으면 노부가 가지."

사공위가 천천히 검을 움직이고 천하제일 검공이라는 사공세가의 무상심의검이 본격적으로 모습을 드러냈다.

"하압!"

몸집에 어울리는 힘찬 기합성과 함께 거구의 몸이 앞으로 돌진했다.

단숨에 거리를 좁힌 노승이 암석 같은 주먹을 세차게 휘둘렀다.

주먹이 이르기도 전, 주먹에서 뿜어져 나온 권강이 경계망을 뚫고 가장 깊숙이 문수사에 진입한 당암을 위협했다.

처음 만났을 때부터 강하다고 생각은 했지만 노승의 공

격은 생각보다 훨씬 막강했다.

특히 주먹을 휘두를 때마다 뿜어져 나오는 권강은 상대하기가 보통 까다로운 것이 아니었다.

그 권강에 스치기라도 하면 치명상을 면치 못할 것이라 여긴 당암은 발걸음 하나, 동작 하나에 신경을 곤두세웠다.

노승은 당암이 자신의 공격을 요리조리 피해내는 것을 보며 이를 악물었다.

그러곤 양손을 번갈아가며 일곱 번의 주먹질을 해댔다.

이름하여 뇌전칠격(雷電七擊).

노승의 주먹에서 뻗어 나온 권강이 그와 당암 사이를 화려하게 물들였다.

계속해서 피할 수는 없다고 판단한 당암이 양손을 흔들었다.

그 움직임이 점차 빨라지는가 싶더니 온 주변이 그가 만들어낸 수영(手影)으로 가득 찼다.

당가에서도 오직 가주만이 익힐 수 있는 천수타결(千手打訣)이라는 수법이었다.

노승이 만들어낸 권강과 당암의 수영이 허공에서 격렬하게 부딪치고 약속이라도 한 듯 두 사람의 입에서 무거운 신음이 흘러나왔다.

상대의 맹렬한 공격을 별다른 피해 없이 막아냈다는 것에 만족하는 당암과는 달리 법왕을 지키는 오직 단 한 명의 호법존자로서 스스로의 무공에 상당한 자부심을 가지고 있던 노승은 지금의 결과를 도저히 받아들일 수가 없었다.

놀란 것은 호법존자뿐만이 아니라 숨죽여 두 사람의 대결을 지켜보던 마승들 또한 마찬가지였다.

호법존자가 누구던가!

결원이 생기거나 실력에서 밀리게 되면 언제라도 뒤바뀌는 백팔존자와는 달리 호법존자는 오직 법왕만을 지키고 보호하는 임무를 가지고 지금껏 일인전승으로 이어져 내려온, 마불사의 수호신과 같은 존재였다.

한데 그런 호법존자가 일개 문파의 수장과 부딪쳐 평수를 이룬 것이다.

물론 상대가 사천의 패자임을 자처하는 당가의 가주라고는 하나 그들 입장에서 당가 또한 일개 문파에 불과했다.

"이제 내가 반격을 할 차롄가?"

비릿하게 웃은 당암이 내공을 운용하자 그를 중심으로 폭풍과도 같은 바람이 휘몰아쳤다.

어느 순간, 거짓말처럼 바람이 멈추고 당암의 손에는 정체를 알 수 없는 묘한 물건들이 들려 있었다.

호법존자의 주름진 미간에 어두운 기운이 서렸다.

본능적으로 불쾌한 느낌이 전해지자 마라불강기(魔羅佛剛氣)가 저절로 일어났다.

극강의 호신강기인 마라불강기는 상대의 공격도 공격이지만 무엇보다 당가에서 주로 사용하는 독 정도는 능히 막아낼 수 있었다.

그것으로 충분했다.

독의 위협에서 자유로울 수 있다면 당가의 암기 따위는 위협이 될 수가 없었다.

호법존자를 지그시 노려보던 당암의 손가락이 살짝 움직였다.

날카로운 파공성과 함께 눈으로 확인하기도 불가능할 정도로 얇은 침이 무수히 날아갔다.

가소롭다는 듯 웃은 호법존자가 주먹을 내질렀다.

주먹에 실린 강기에 의해 당암이 날린 대부분의 세침이 흔적도 없이 사라졌다.

모든 것이 그런 것은 아니었다.

일부는 분명 호법존자의 주먹을 피해 그의 몸에 도달했다.

다만 주먹보다 더 강력한 호신강기에 의해 모조리 튕겨

나갔을 뿐이었다.

또 한 번의 파공성과 함께 조금 전보다 한층 강력한 힘을 지닌 강침이 날아들었다.

그 움직임 또한 비교적 직선적이었던 세침과는 달리 제각기 방향을 틀며 호법존자의 요혈을 노렸다.

"이따위 장난질이 본 존자에게 통할 것 같으냐?"

이번에도 당암의 공격을 간단히 무력화시킨 호법존자가 비웃음을 터뜨렸다.

"장난질인지는 두고 보면 알겠지."

호법존자의 비웃음에도 불구하고 당암은 침착히 손을 썼다.

이전과 별다를 바 없는 공격에 호법존자의 비웃음이 분노로 변했다.

"네놈이 정녕 본 존자를 무시하는구나!"

호법존자는 더 이상 두고 볼 생각이 없었다.

장난질은 한두 번이면 족했다.

그저 두어 번 주먹을 내지르는 것으로 당암의 모든 공격을 무력화시킨 호법존자가 한층 진기를 끌어 올리자 주먹이 은은한 청광으로 빛났다.

한데 막힘없이 흐르던 진기가 갑자기 흐트러졌다.

별다른 움직임도 없었건만 가슴이 답답하고 호흡이 가

빠졌다.

이상함을 느낀 호법존자가 황급히 공격을 멈추고 뒤로 물러났다.

'설마 독?'

독이 아니면 설명이 안 되는 증상이다.

호법존자의 얼굴이 경악으로 물들었다.

'대체 언제 하독을 했단 말이냐? 아니 그보다 한낱 독 따위가 마라불강기를 뚫고 들어올 수 있었단 말인가!'

당암은 호법존자의 내심을 알기라도 하듯 조금 전의 비웃음을 그대로 돌려줬다.

"벌써 놀라면 안되지. 아직 보여줄 것이 많은데."

당암이 네 자루의 비도를 꺼내 들었다.

그것이 당가가 자랑하는 비도술 일점사탈혼명(一點射奪魂命)을 사용하기 위함임을 깨달은 호법존자의 얼굴이 딱딱히 굳어졌다.

'좋지 않아.'

내부로 침입한 독을 필사적으로 제거하려 했지만 그 위력이 어찌나 독한지 짧은 시간 동안 완전히 제거를 할 수가 없어 독기를 한쪽으로 몰고 있는 중이었다.

그런 상황에서 무림이 인정하는 당가 최고의 비도술을 맞이하는 것은 위험천만한 일이었다.

거대한 공기의 파동이 들려왔다.

당암의 내력을 한껏 품은 네 자루의 비도가 마음껏 대기를 찢어발기는 소리였다.

지금 상황에서 정면으로 부딪쳐서 좋을 것이 없다고 판단한 호법존자는 주먹을 내뻗어 아귀처럼 달려드는 비도의 방향만을 슬쩍슬쩍 바꿨다.

비도에 실린 힘이 어찌나 강력한지 크게 부딪치지도 않고 살짝 스치는 정도였음에도 손목이 시큰하고 팔이 저렸다.

더구나 언제 다시금 독이 침입할지 몰라 신경이 바짝 곤두섰다.

특히 바로 지금처럼 뒤쪽으로 우회하여 짓쳐 드는 비도는 가슴이 덜컥 내려앉을 정도로 섬뜩했다.

하지만 네 자루 비도는 호법존자의 이목을 끌기 위한 미끼에 불과했다.

호법존자가 후미로 돌아간 비도에 신경을 빼앗긴 사이 엄청난 속도로 접근한 당암이 오른팔을 휘둘렀다.

"헛!"

호법존자의 입에서 다급한 신음이 터져 나왔다.

코앞까지 짓쳐 든 수도를 본 것이다.

그것도 투명하다 못해 하얗게 변해 버린 옥수(玉手)였다.

"옥수신공(玉手神功)!"

당가가 자랑하는 또 하나의 비기.

호법존자는 생각할 틈도 없이 주먹을 내질렀다.

당암의 옥수와 권강이 정면으로 부딪치고 강력한 충돌음과 함께 두 사람 모두의 입에서 짧은 신음이 흘러나왔다.

첫 번째 충돌에 이어 이번에도 누구 한 사람이 우위를 점하지 못하고 동수를 이뤘다.

하지만 호법존자는 느끼고 있었다.

지금 당장은 몰라도 이대로 시간이 흐른다면 도저히 당암을 이길 수 없다는 것을.

그것을 증명이라도 하듯 당암과 접촉한 주먹이 점점 까맣게 변하기 시작했다.

옥수신공의 무서운 점이 바로 이것이었다.

금강석이라도 단숨에 부술 정도로 파괴력이 있는 것은 물론이거니와 옥수 자체가 짝을 찾아볼 수 없는 극독을 품고 있어 스치기만 해도 중독이 되어 목숨을 잃는다는 것.

위력이 큰 만큼 익히기가 까다롭고 어려워서 당가에서도 오래전에 실전되었다고 알려진 무공이 바로 옥수신공이었다.

"자, 이쯤 했으면 끝을 봐야겠지?"

차갑게 웃는 당암의 얼굴이 옥수만큼이나 하얗게 빛났다.

"제, 제길!"

유동은 핏물이 흘러 들어가 앞이 제대로 보이지도 않는 눈으로 자신을 향해 다가오는 진유검을 바라보았다.

죽음 따위는 두렵지 않았다.

제대로 된 사랑을 못 해보고 죽는 것이 약간 아쉽기는 하지만 어릴 적부터 천애고아였던 자신의 삶을 저주해 왔기에 삶에 대한 미련도 크지 않았다.

단지 짧은 인생 죽을힘을 다해 익혔던 무공이 너무도 쉽게 무력화되었다는 것이, 익숙지 않은 패배감이 견딜 수가 없었다.

함께 합공을 하고 있던 사형제들을 힐끗 응시한 유동이 입술을 꽉 깨물었다.

그리고 몸속에 남은 한 줌의 진기까지 끌어 올리며 혼패현공(混天覇玄功)을 극성으로 운용해 진유검을 향해 질주했다.

수비는 완전히 도외시한, 오직 일격필살만을 노린 상대의 무모한 공격에 진유검의 미간이 살짝 찌푸려졌다.

음이 마침내 멈춰졌다.

힘없이 고개가 꺾이고 무릎이 굽혀지며 몸 전체가 무너져 내렸다.

유동을 향했던 시선을 거둔 진유검이 악에 받친 종무외와 법왕의 공격을 가볍게 피하고 반격을 하려던 찰나였다.

죽은 줄 알았던 유동의 몸이 꿈틀대는가 싶더니 몸 전체가 살짝 부풀어 올랐다.

진유검의 반격에 뒷걸음질 치던 종무외와 유동의 눈빛이 허공에서 교차했다.

'잘 가라.'

종무외는 유동이 혼천패현공을 극성으로 운용하는 것을 보곤 그가 무엇을 하려는 것인지 이미 알고 있었다.

유동의 마지막 모습을 영원히 기억하겠다는 듯 종무외는 그의 얼굴에서 눈을 떼지 않았다.

진유검이 그런 종무외의 눈빛에서, 그리고 뒤쪽에서 전해지는 묘한 기운에 흠칫 놀라 고개를 돌렸을 때 크게 부풀어 올랐던 유동의 몸이 그대로 폭발했다.

이름 하여 폭신멸(爆身滅).

수백, 수천 조각으로 잘게 잘린 유동의 몸이 상상할 수도 없는 빠름, 강력한 힘으로 진유검을 덮쳤다.

본능적으로 위험을 감지한 진유검이 호신강기를 전신에

두르고 분광보를 극성으로 펼치며 필사적으로 물러났지만 화경에 이른 고수가 펼친 동귀어진 수법은 그리 만만한 것이 아니었다.

게다가 동귀어진 수법을 펼친 것은 유동만이 아니었다.

유동이 스스로의 목숨으로 진유검을 잡으려 한다는 것을 눈치챈 초유랑과 마조구 역시 암암리에 혼천패현공을 극성으로 끌어 올리며 마지막 공격을 준비했다.

유동이 폭신멸을 펼쳐 진유검을 궁지로 몰아넣는 순간, 초유랑과 마조구가 진유검의 퇴로를 차단하며 유동과 같은 공격을 펼쳤다.

상상할 수도 없는 거대한 폭음과 휘몰아치는 육편들.

삼면에서 이뤄진 자폭 공격에 갇힌 진유검도 그렇지만 두 사람의 공격을 전혀 예상하지 못하고 있던 법왕과 종무외 역시 기겁하는 상황이 벌어졌다.

"미친!"

법왕이 욕설을 내뱉으며 땅을 굴렀다.

그가 머물던 자리에 사제들의 육편이 비가 내리듯 쏟아졌다.

"크윽!"

법왕의 입에서 고통스러운 신음이 흘러나왔다.

미처 피하지 못한 육편이 호신강기에 작렬하며 그의 몸

을 크게 흔들었다.

사정은 종무외 역시 마찬가지였다.

온몸이 순식간에 피로 물들고 연신 피를 토해내는 것을 보면 그나마 재빨리 반응을 한 법왕보다 큰 타격을 받은 것 같았다.

하지만 법왕과 종무외는 자신들의 부상은 전혀 신경 쓰지 않고 약속이라도 한 듯 한곳으로 시선을 고정시켰다.

화경의 수준에 이른 세 고수가 동귀어진의 수법을 펼친, 바로 그 폭발의 중심에 우두커니 서 있는 진유검.

자폭을 한 자들의 몸에서 뿜어져 나온 피가 안개를 이루고 있기에 정확히 어떤 상황인지 파악을 할 수는 없었다.

'반드시 성공해야 한다.'

종무외가 간절히 빌었다.

그는 사제들의 희생도 희생이지만 자폭 공격마저 무위로 돌아가면 진유검을 쓰러뜨릴 방법이 전무하다는 것을 직감적으로 느끼고 있었다.

피 말리는 시간이 흐르고 핏빛 안개가 희미해지는 순간, 법왕의 입에선 환희의 탄성이 흘러나왔고 종무외는 자신도 모르게 두 주먹을 불끈 쥐었다.

"빌어먹을!"

임소한이 욕설과 함께 땅을 굴렀다.

퍼퍼퍽!

임소한의 등을 스치며 지나간 섬뜩한 도기가 바닥을 거칠게 파고들었다.

"질긴 놈! 이제 그만 뒈져랏!"

백팔존자 중 서열 삼 위에 이름을 올리고 있는 패륵존자가 육중한 몸으로 지면을 박차고 올라 언월도를 휘둘렀다.

재빨리 자세를 바로 한 임소한의 검에서도 청광이 피어올랐다.

파스스스스.

천강십이좌의 명성답게 무시무시한 검기가 패륵존자를 향해 쇄도했다.

꽝! 꽝! 꽝!

허공에서 부딪친 도기와 검기가 대기를 찢어발기며 흩어졌다.

그 충격에 잠시 주춤하는 것 같았던 두 사람이 악에 받친 기합을 내뱉으며 서로를 향해 달려들었다.

패륵존자의 언월도와 임소한의 검이 허공에서 맞부딪치려는 순간, 바람을 가르며 짓쳐 들던 언월도가 살짝 방향을 바꾸더니 임소한의 옆구리를 베어왔다.

거대한 언월도가 그토록 빠른 방향 회전을 하리라 예상

하지 못한 임소한이 황급히 검을 회수하며 막아내려 하였으나 불안정한 자세로 막강한 힘이 담긴 언월도를 막기란 결코 쉽지 않았다.

언월도의 공격에서 벗어나고자 필사적으로 검을 움직이고, 몸을 흔들고, 빠르게 발을 놀려보았지만 이번 공격에서 끝장을 보려는 패륵존자를 완전히 떨쳐 낼 수가 없었다.

'살을 준다!'

이런 식으로 몰리다간 결국 힘없이 목숨을 내줄 것이란 생각에 임소한은 일격필살의 수를 떠올렸다.

잘못하다간 제대로 반격도 해보지 못하고 그대로 숨통이 끊어질 수도 있는 위험천만한 방법이었지만 지금의 위기를 벗어나기 위해선 그만한 위험은 감수해야만 했다.

결정을 내린 임소한이 사선으로 베어오는 언월도의 움직임을 냉철하게 살피며 회피하는 대신 오히려 언월도의 공격 반경으로 뛰어들어 가던 순간이었다.

패륵존자의 좌측, 뭔가가 엄청난 속도로 접근했다.

승리를 확신하는 회심의 미소를 짓고 있던 패륵존자가 갑작스레 나타난 존재로 인해 당황하며 임소한에게 향했던 언월도의 방향을 바꾸려던 찰나, 전풍이 자신을 돕기 위해 왔다는 것을 직감한 임소한의 검이 언월도의 움직임을 막았다.

언월도가 주춤하는 사이 패륵존자의 좌측으로 파고든 전풍의 어깨가 육중한 그의 몸을 그대로 받아버렸다.

쿵. 쿵. 쿵.

전풍의 속도와 힘을 감당하지 못한 패륵존자가 뒷걸음질 치며 뚜렷한 족적을 남겼다.

전풍의 공격은 그것으로 끝이 아니었다.

진유검도 인정한 연화장이 물러나는 패륵존자의 가슴에 작렬했다.

패륵존자가 강력한 호신강기를 두르고 있다고는 해도 전풍의 연화장에 실린 힘은 결코 가벼운 것이 아니었다.

치명적인 타격을 안기지는 못했어도 정신이 혼미해질 정도의 충격을 안겨주기엔 충분했다.

"원, 곰 새끼도 아니고 끈질기네!"

감탄사를 내뱉은 전풍이 최후의 일격을 날렸다.

흐릿해진 정신에도 피하기엔 늦었다고 판단한 패륵존자가 연화장을 향해 손을 뻗었다.

둔탁한 소리와 함께 패륵존자의 몸이 다시금 휘청거렸다.

놀라운 것은 공격을 한 전풍 역시 황당한 표정으로 뒷걸음질 쳤다는 것이다.

다행히 크게 부상을 당한 것도 아니고 내상을 걱정할 정도는 아니나 놀란 가슴을 쓸어내리기엔 충분한 위력이었다.

패륵존자의 반격에 전풍이 주춤하는 사이, 잠시 숨을 돌리고 허공으로 도약한 임소한의 검이 패륵존자의 정수리를 향해 내리꽂혔다.

패륵존자가 합장하듯 손을 머리 위로 올렸다.

그 순간, 전풍이 날린 연화장이 패륵존자의 가슴을 강타했다.

휘청거리는 몸, 그 바람에 임소한의 검을 잡기 위해 머리 위로 올렸던 손이 검의 방향을 놓쳤다.

패륵존자의 손을 살짝 스친 검이 그의 왼쪽 어깻죽지에 박혔다.

붉은 선혈이 하늘로 치솟았다.

단숨에 어깨를 자르고 박힌 검은 여전히 힘을 잃지 않았다.

임소한이 살짝 방향을 바꾸자 검은 곧바로 심장까지 내려갔다.

고통에 눈을 부릅뜬 패륵존자는 검이 심장마저 가르고 지나가자 가래 끓는 소리를 몇 번 뱉어내더니 서서히 무너져 내렸다.

쿵!

거목이 쓰러지듯 패륵존자의 육중한 몸이 쓰러지자 땅이 흔들렸다.

"괜찮아요?"

전풍이 길게 숨을 내뱉으며 다가왔다.

"덕분에 살았다."

임소한이 땀으로 범벅이 된 얼굴을 훔치며 다가왔다.

전풍의 도움으로 목숨을 구한 임소한은 진심으로 그에게 고마워했다.

물론 비장의 한 수를 준비해 두고는 있었으나 성공할 가능성은 생각보다 높지 않았고 설사 성공을 했다고 하더라도 싸움에 승리한다는 보장도 없었다.

"뭘요. 때마침 운이……."

전풍의 눈이 동그래졌다.

숨을 헐떡이던 임소한이 갑자기 달려들어 자신의 몸을 확 끌어안았기 때문이었다.

파스스슥!

날카로운 타격음과 함께 전풍이 서 있던 자리의 땅이 깊게 파였다.

임소한 덕분에 목숨을 구한 전풍이 재빨리 일어나며 자신을 공격한 적을 노려보며 말했다.

"고맙습니다. 덕분에 살았네요. 기습이라니. 원 쪽팔려서."

대답이 없었다.

전풍의 고개가 임소한에게 향했다.

임소한은 웅크린 채 미동도 없었다.

임소한의 등이 피로 물든 것을 확인한 전풍의 눈동자가 크게 흔들렸다.

틀림없이 자신을 구하다 입은 부상일 터였다.

파스스슷!

섬뜩한 파공음과 함께 한 줄기 검기가 날아들었다.

전풍이 필사적으로 몸을 움직였다.

검기에 스친 피부가 쩍쩍 갈라지며 피가 튀었다.

전풍은 자신을 스쳐 지나간 검기가 주변을 초토화시키는 것을 보곤 자신도 모르게 침을 꿀꺽 삼켰다.

어쩌면 방금 전에 쓰러뜨린 패륵존자보다 더 강한 상대가 출현했을지도 모른다는 생각 때문이었다.

생각할 것도 없이 몸을 날렸다.

대환단을 복용한 이후, 실력이 아무리 늘었다고 해도 감당할 수 있는 상대가 있고 그렇지 않은 상대가 있었다.

의식을 잃고 쓰러진 임소한이 걱정되기는 하였으나 정면으로 맞부딪치는 것보다는 자신의 특기를 살리는 것이 그나마 그를 구할 확률이 높다는 판단에서였다.

도주 따위는 허락하지 않겠다는 듯 빛살처럼 날아든 검기가 전풍의 노리며 짓쳐 들었다.

백보운제의 치명적 약점.

백 보를 움직이기 전, 전풍의 움직임은 굼떴다.

더구나 노도처럼 밀려오는 검기를 피하다 보니 속도는 더욱 느려졌다.

그런 전풍을 구한 것은 정신을 잃은 줄 알았던 임소한이었다.

전풍을 구하고 순간적으로 정신을 잃었다가 깨어난 임소한은 위기에 빠진 전풍을 보고는 주저 없이 검을 던졌다.

정상적인 몸 상태가 아닌 만큼 큰 위력은 없었지만 전풍에게 향했던 적의 공격을 잠시나마 지체시킬 수 있는 힘은 있었다.

"좋은 동료군요."

비웃음을 터뜨린 사람은 백팔존자 중 유일한 여인이자 최연소를 자랑하는, 백팔존자에서도 손꼽힐 정도로 뛰어난 검공을 지닌 연화존자였다.

겉으로 보기엔 이십 대의 얼굴을 지니고 있었다.

사내라는 존재를 아예 무시하는, 독가시를 품은 연꽃이

바로 그녀였다.

비웃음과 함께 연화존자의 몸이 엄청난 속도로 움직였다.

금방이라도 쓰러질 듯한 임소한은 그녀의 안중에도 없었다.

몇 걸음만으로 전풍의 뒤를 따라잡은 연화존자가 달려가는 속도를 실어 검을 던졌다.

쐐애애액!

대기를 가르며 가공할 속도로 날아간 검은 전풍의 몸을 단숨에 꿰뚫을 것처럼 보였다.

하지만 바로 그 순간, 그 누구도 연화존자가 던진 검이 전풍의 숨통을 끊으리라 의심하지 못할 그 찰나에 전풍의 몸이 연기처럼 사라졌다.

전풍의 잔상만을 허무하게 관통하고 돌아온 검을 회수하는 연화존자의 얼굴엔 황당함으로 가득했다.

전풍에게 농락당했다는 생각에 불쾌감이 전신에 밀려들었다.

그 불쾌감을 풀어줄 상대로 임소한을 선택했을 때, 절체절명의 순간에 백 보를 움직여 간신히 목숨을 구한 전풍이 바람을 몰고 나타났다.

연화존자의 입가에 진한 살기가 깃들고 두 번의 실수는

없다는 듯 번개처럼 검을 움직였다.

하지만 백보운제를 극성으로 시전하는 전풍의 움직임엔 전혀 거침이 없었다.

좌우로 몸을 흔들며 그녀의 공격을 간단히 피해내며 연화장을 뿌렸다.

연화존자의 반격에 연화장이 힘없이 사라졌지만 그녀의 위협 또한 사라졌다.

몇 번의 회피 동작과 연화장을 이용해 그녀의 공세를 간단히 뚫어낸 전풍이 임소한의 몸을 낚아챘다.

애당초 전풍의 목적이 연화존자가 아니라 부상이 심각한 임소한이었기에 전풍은 그를 품에 안아 들자마자 뒤도 돌아보지 않고 내달렸다.

한데 바로 그 순간이었다.

언제 접근했는지 검 하나가 귀신처럼 따라붙었다.

기겁한 전풍이 죽을힘을 다해 검을 떨쳐 내려고 하였으나 놀랍게도 그럴 수가 없었다.

속도도 속도였지만 마치 생명이라도 깃든 듯 그의 움직임을 완벽하게 파악하며 따라붙었기 때문이었다.

더구나 임소한을 안아 든 상태였기 때문에 상황은 더욱 안 좋았다.

전풍은 그 즉시 임소한을 집어 던졌다.

워낙 빠르게 움직이고 있는지라 충격이 크겠지만 그래
도 수풀을 골라 던졌으니 어느 정도는 충격이 완화될 것이
었다.

파스슷!

그 찰나, 연화존자의 검이 전풍의 왼쪽 옆구리를 스치며
지나가고 검의 궤적을 따라 핏방울이 흩날렸다.

그것이 마지막이었다.

연화존자가 이기어검으로 전풍을 잡으려고 했으나 임소
한을 떨치며 부담을 줄인 전풍의 움직임은 정녕 인간의 것
이 아니었다.

몇 차례 위험한 순간이 있기는 하였지만 그 또한 자신을
놓친 연화존자가 임소한을 공격할 것을 걱정한 전풍이 적
정한 거리를 유지하며 시선을 끌었기에 망정이지 그렇지
않았다면 그녀는 전풍의 흔적도 찾지 못했을 것이었다.

"하아! 하아!"

연화존자가 일그러진 얼굴로 숨을 할딱였다.

이기어검을 사용하기 위해선 실로 막대한 내력을 소모
하기 때문이었다.

전풍을 공격하느라 일각 가까이 이기어검을 사용한 그
녀의 내력은 이미 바닥을 드러내고 있었다.

연화존자가 검을 회수하는 것을 본 전풍이 눈이 희번덕

거렸다.

마침내 기다리고 기다리던 때가 왔다.

"쌍년! 네년은 뒈졌어!"

욕설을 내뱉은 전풍이 검을 회수한 연화존자가 미처 숨을 고를 사이도 없이 짓쳐 들었다.

표독한 표정으로 검을 움직이는 연화존자.

검의 움직임을 따라 그녀 역시 검이 되어 전풍을 향했다.

연화존자가 최후에 내놓은 비장의 한 수였지만 진유검이 펼치는 신검합일을 몇 번이고 목도한 전풍의 눈에는 가소롭게 보일 뿐이었다.

"지랄한다!"

차갑게 욕설을 내뱉은 전풍이 달리던 속도를 더욱 높였다.

서로를 향해 맹렬히 돌진하던 연화존자와 전풍이 어느 한 지점에서 만났다.

손에 든 검에 전력을 담은 연화존자는 검이, 자신이 전풍의 몸을 관통했다고 여겼다.

하지만 그녀가 착각하는 사이 전풍의 신형은 이미 그녀의 머리 위를 넘어가고 있었다.

전풍의 눈에 연화존자의 풍만한 둔부와 곱게 뻗은 허리

선이 보였다.

사내들이라면 환장할 만한 곡선이었지만 전풍의 눈에는 노리던 먹잇감일 뿐이었다.

전풍의 체중을 실은 두 다리가 그녀의 허리를 찍었다.

허리란 인체의 몸을 지탱하는 근간으로 약한 충격에도 치명상을 면키 힘든 곳이었다.

더구나 지금처럼 곧게 뻗은 상태에선 무방비로 당한다는 것은 숨통이 끊기는 것과 다름없었다.

우두두둑!

소름끼치는 소리와 함께 연화존자의 허리가 그대로 부러졌다.

"아악!"

연화존자의 입에서 고통스러운 비명이 터져 나왔다.

땅에 처박힌 연화존자는 중심을 잡지 못하고 비틀거렸다.

아니, 비틀거리는 것도 잠시 그대로 쓰러져 일어서지를 못했다.

"이… 런 어이없는…….."

연화존자는 말을 잇지 못하고 다시금 외마디 비명을 질렀다.

그녀의 허리를 밟고 허공으로 치솟은 전풍이 그녀의 등

위로 내려섰기 때문이었다.

가슴뼈가 완전히 뭉개진 연화존자는 입을 쩍 벌리고 눈을 까뒤집은 채 벌벌 떨다 힘없이 고개를 떨구고 말았다.

"내… 가 뒈진다고 했지!"

그 말과 함께 진이 빠진 전풍 역시 그녀의 곁에 대자로 눕고 말았다.

"후욱! 훅!"

진유검의 입에서 탁한 숨소리가 흘러나왔다.

숨을 내쉴 때마다 가슴이 심하게 요동치며 전신에 가득한 상처 부위에서 피가 배어 나오고 있는 것이 한눈에 봐도 큰 부상을 당한 것 같았다.

그런 진유검 앞에 진유검 못지않은 부상을 당한 상태로 그를 노려보는 자들이 있었다.

사제들의 희생으로 필승을 자신했음에도 여전히 치열한 싸움을 이어아고 있는 법왕과 종무외였다.

종무외는 살기 가득한 눈빛으로 호흡을 진정시키고자 애쓰고 있는 진유검을 노려보았다.

사부에게 이겼다는 말을 들었을 때부터 느끼고 있던 것이지만 실로 괴물이 따로 없었다.

사제들이 펼친 삼면 자폭 공격은 인간으로선 도저히 감

당할 수가 없는 것이었다.

아니, 백번 양보하여 어쩌다 운이 좋아 목숨은 건질 수 있다고 치더라도 최소한 인간이라면 제대로 움직이지 못할 치명상을 당해야 했다.

하지만 진유검은 버텨냈다.

단순히 버텨낸 정도가 아니었다.

법왕과 자신의 폭발적인 공세에도, 노도처럼 밀려드는 공세에도 굳건히 버텨냈다.

'인간이 아니야.'

종무외는 아무리 죽을힘을 다해 공격을 퍼부어도 흔들리지 않는 상대를 보며 아득한 절망감을 느껴야 했다.

종무외만큼이나 법왕이 느끼는 절망감 또한 대단했다.

왼쪽 손가락이 모조리 부러지며 거대한 암석도 한 줌 가루로 만들어 버리는 금강조는 더 이상 사용할 수가 없었다.

만년한철로 만들어진, 천하에 그 어떤 보도와 비교해도 뒤지지 않는다는 애도는 반 토막이 난 안쓰러운 모습으로 손에서 떨고 있었다.

어느새 호흡을 고른 진유검이 천천히 검을 움직이는 것을 보며 법왕과 종무외는 서로의 얼굴을 바라보았다.

사제들의 자폭 공격 이후, 피투성이가 되어 너덜너덜해

진 진유검을 확인했을 때의 자신감은 천 리 밖으로 사라진 지 오래였다.

게다가 외부에서 쳐들어온 적으로 인해 수하들의 도움을 기대할 상황도 아니었다.

진유검이 한 걸음을 내딛자 법왕과 종무외가 약속이라도 한 듯 두 걸음을 물러났다.

진유검이 피식 웃음을 터뜨렸다.

"천하의 산외산과 마불사의 수장치고는 꼴이 우습다고 생각하지 않나?"

"닥쳐! 네놈이 강하다는 것은 인정하지만 감히 본 법왕을 모욕하는⋯⋯."

악에 받친 법왕의 외침은 이어질 수가 없었다.

진유검이 발출한 무흔지가 소리도 없이 접근했기 때문이었다.

땅!

무흔지가 법왕의 애도에 막히며 쇳소리를 만들었다.

애도를 통해 전해지는 무흔지의 위력에 법왕은 소름이 끼쳤다.

처음과 비교했을 때 그다지 힘이 떨어지지 않았음을 도저히 받아들이기 힘들었다.

"스스로 단전을 부순다면, 그리고 마불사의 병력을 사천에서 물린다면 목숨만은 살려주마."

진유검이 오만한 자세로 법왕과 종무외를 바라보며 소리쳤다.

두사람은 아무런 대답도 하지 않고 침묵을 지켰다.

하지만 이미 답은 정해진 것이었다.

"거부한다면?"

법왕이 한참 만에 입을 열었다.

"죽음뿐이겠지."

"죽음이라……."

조용히 읊조리는 법왕.

야차처럼 일그러졌던 법왕의 얼굴이 다시금 미모를 되찾았다.

그런 법왕의 변화를 눈치챈 것인지 진유검의 미간에 살짝 주름이 잡혔다.

"어차피 죽는다면……."

부드러운 미소와 함께 법왕이 자신의 요혈 몇 군데를 짚었다.

그의 행동이 무엇을 의미하는지 눈치챈 종무외의 얼굴이 경악으로 가득 차는 것도 잠시, 그 역시 법왕과 행동을 같이했다.

"호호! 사제와 함께라니 좋네."

법왕이 교소를 터뜨렸다.

"나도 그렇소. 그 빌어먹을 웃음만 제외하면."

종무외가 인상을 찌푸리며 대답했다.

두 사람의 여유로운 모습에 진유검은 가슴 한켠이 서늘해짐을 느꼈다.

그 역시 조금 전, 두 사람의 행동이 무엇을 의미하는지 눈치챘다.

화경을 넘어 현경에 이른 두 사람이 목숨을 담보로 잠력을 격발시켰으니 결코 방심할 수 없을 터였다.

법왕의 몸이 움직였다.

반 토막 난 도에서 뿜어져 나온 도강으로 인해 애도는 과거의 위용을 되찾았다.

법왕이 발출한 거대한 강기가 진유검을 향해 밀려들었다.

종무외 역시 지지 않았다.

언젠가 사공세가의 고수를 쓰러뜨리면서 보여주었던 화풍비투공의 암기술이 빛을 발했다.

진유검은 두 사람의 합공을 보며 묵묵히 검을 들었다.

폭풍과도 같은 기운과 더불어 검에서 뿜어 나온 기운이 사방을 점령하기 시작했다.

꽈꽈꽈꽝!

잠력을 폭발시킨 두 사람과 합공과 진유검이 뿜어낸 거력이 부딪치자 천지가 개벽할 정도의 충격파가 사방을 휩쓸었다.

주변 십여 장이 그 충격파에 휩쓸려 흔적도 없이 사라지고 돌멩이 하나 남지 않았다.

꽝! 꽝! 꽝!

법왕의 도와 진유검의 검에서 뿜어져 나온 강기들이 허공에서 부딪칠 때마다 산천초목이 뒤흔들렸고 두 사람의 몸 역시 안쓰러울 정도로 휘청거렸다.

몸의 잠재력을 격발했음에도 내력에서 밀린 법왕의 코와 입에선 검붉은 피가 폭포수처럼 흘러내렸고 진유검 또한 이전의 싸움에서 당한 자폭 공격으로 인해 적지 않은 내상을 당한 터라 고통스러운 표정이 역력했다. 게다가 그 틈을 놓치지 않고 파고든 암기가 진유검의 몸 곳곳에 적지 않은 상처를 남겼다.

호신강기를 무력화시킬 정도로 종무외가 뿌린 암기엔 이전과는 전혀 다른 힘이 깃들어 있었다. 특히 암기에 독을 묻힌 것인지 상처를 통해 묘한 이질감이 전신으로 밀려들어 와 진유검을 괴롭게 만들었다.

꽈꽈꽈꽝!

계속되는 충격을 감당하지 못한 법왕의 애도가 산산조

각이 나며 흩어졌다.

그 파편을 교묘하게 이용한 법왕의 수법에 당해 진유검의 왼쪽 팔에도 깊은 상처가 만들어졌다.

애써 고통을 참은 진유검이 법왕을 노리며 집요하게 공격을 펼쳤다.

폭뢰, 붕천으로 이어지는 강기의 해일이 법왕을 향해 밀려들었다.

종무외가 법왕을 구하기 위해 필사적으로 공격을 감행했지만 진유검의 공격을 저지시키지 못했다.

오히려 역공을 받아 그마저도 위험에 처하고 말았다.

"크아아악!"

끔찍한 비명과 함께 허공으로 날아가 처박히는 법왕은 더 이상 인간의 몸이라고 할 수가 없을 정도로 처참하게 변해 버렸다.

한쪽 팔은 흔적도 없이 사라지고 팔이 있던 자리에서 뿜어져 나온 피가 주변을 뻘겋게 물들였다.

입에선 붉다 못해 검은 피가 꾸역꾸역 흘러나왔고 쩍 갈라진 옆구리의 상처를 통해 내장이 얼굴을 내밀었다.

그 와중에도 잘려 나간 팔은 놀랍게도 진유검의 허벅지에 박혀 있었는데 종무외가 허공으로 치솟은 그의 팔을 암기 삼아 공격에 성공한 것이었다.

"기가 막히는군."

진유검은 자신의 허벅지에 박힌 법왕의 팔을 보며 어이없는 웃음을 흘리고 말았다.

활활 타오르던 불꽃이 사그라들고 재만 남은 두 사람에겐 염라대왕의 웃음보다 더욱 공포스러운 웃음이었다.

*   *   *

뜨거웠던 태양의 기운이 조금씩 사그라들 무렵, 남궁세가와 강남무림 연합군을 완파하고 무황성을 향해 거침없이 진군하던 루외루의 수뇌들이 천봉산 자락의 한 장원에 은밀히 모였다.

"고생하셨습니다."

공손은이 먼저 도착해 있던 갈천상을 향해 정중히 예를 표했다.

"빈껍데기만 남은 곳이었다. 고생이랄 것도 없었지."

갈천상이 가볍게 손을 흔들었다.

"빈껍데기라고 해도 남궁세가입니다. 오랫동안 수많은 위기를 넘기면서 지금껏 살아남은 것에는 그만한 이유가 있는 법이지요."

공손은의 말에 공손무가 맞장구를 쳤다.

"맞다. 다른 곳은 몰라도 남궁세가는 결코 무시할 수 없는 곳이지. 비록 드러난 힘은 약해졌다고 하더라도."

"일전에 드러나지 않았던 힘마저 털리지 않았나. 나름 끈질기게 저항을 하긴 했지만 기대한 수준은 아니었네."

갈천상이 쓴웃음을 지으며 말했다.

"하긴, 그도 그렇군."

단우 노야에 의해 남궁세가의 진정한 힘이라 할 수 있는 검성과 은퇴한 원로들이 모조리 목숨을 잃었음을 떠올린 사람들이 이해했다는 듯 고개를 끄덕였다.

"그리고 사실 노부는 별로 한 것도 없다. 검조차 제대로 휘둘러 보지 못했어."

"예?"

공손은이 눈을 동그랗게 뜨고 되묻자 갈천상이 말석에 앉아 딴짓을 하고 있는 공손민을 가리켰다.

"남궁세가를 무너뜨린 것은 내가 아니라 저 아이다."

모두의 시선이 공손민에게 향했다.

어릴 적부터 문무를 겸비한 위의 언니들과는 달리 오직 무에 특화되었다는 것을 알고는 있었지만 그 정도일 줄은 미처 몰랐다는 반응이었다.

"막내야, 함부로 나서지 말라고 했잖아."

공손은이 한숨을 내쉬며 공손민을 꾸짖었다.

공손민이 무슨 말인가를 하려다 입을 샐쭉이며 고개를 돌리자 갈천상이 너털웃음을 흘리며 말했다.

"너무 그럴 것 없다."

"어르신."

"막내라고 해서 그렇게 감쌀 것 없단 말이다. 루주님도 그렇고 너희 자매들도 그렇고 막내라 그런지 너무 감싸려고만 들지 저 아이가 어떤 생각을 가지고 어느 정도의 실력을 지녔는지 제대로 알려 하는 것 같지 않구나."

"이제사 느끼는 것이지만 확실히 대단해 보이는군."

섭선 위로 공손민을 살피던 조유유가 놀란 얼굴로 말했다.

"노부도 그렇지만 여기 있는 모두가 다 헛살았어. 이런 실력자를 몰라보다니 말이야."

조유유는 자신의 기운을 완전히 감추고 모두에게서 이목을 숨긴 공손민을 향해 진심으로 감탄했다.

"실력도 보통 실력이 아니지. 지금 당장은 조금 부족해 보이지만 조만간 그 아이 이상의 성취를 이룰 걸세."

그 아이란 단우 노야에게 목숨을 잃은 공손유를 이르는 것, 갈천상의 말에 잠시 분위기가 침울해졌다.

"아무튼 그런 줄 알고 더 이상은 뭐라 하지 말아라. 어쩌면 이번 싸움이 장차 검후(劍后)의 탄생을 알리는 시금석이 될 수도 있는 것이니."

갈천상이 그렇게까지 말하니 뭐라 할 말이 없던 공손은은 자신을 향해 살짝 혀를 내미는 공손민을 노려보곤 화제를 바꿨다.

"무황성의 반응은 어떤가요?"

공손은이 무황성의 동향을 책임지고 있는 비상 칠조장 한독에게 물었다.

머리카락이 정수리까지 후퇴하고 허리마저 살짝 굽은 한독이 공손히 입을 열었다.

"사대가문의 모든 병력이 무황성으로 이동하는 것으로 파악되었습니다."

"그거야 당연한 것이겠지. 그들이야말로 무황성의 시작이자 끝이니까."

조유유가 섭선을 쫙 펴며 말했다.

"흠, 각 전선으로 상당한 규모의 지원 병력을 보낸 것으로 아는데 여력이 있는 모양이군."

공손무의 말에 갈천상이 코웃음을 쳤다.

"부자는 망해도 삼 년을 간다고 기둥뿌리까지 뽑아서 주지는 않았겠지."

"사대세가만 움직이는 것은 아닐 텐데요?"

공손은이 다시 물었다.

"계속해서 전서구가 날아오르고 사방으로 전령이 움직이는 것으로 보아 곳곳에 지원군을 요청하는 것으로 보입니다만 본격적으로 움직이는 곳은 무황성 인근의 문파들뿐입니다."

"과연 얼마나 모일지 궁금하군요. 다들 만만치 않은 상황일 텐데 말이지요. 아무튼 수고했어요."

"감사합니다."

한독이 예를 표하고 자리에 앉자 공손은이 조금 전과 확연히 달라진 분위기로 입을 열었다.

"이제 시작해도 될 것 같네요, 혁 군사님."

혁리건과 함께 천마신교를 도모했던 공손은은 그를 여전히 군사라 부르고 있었다.

공손은의 부름을 받은 혁리건이 천천히 자리에서 일어나 지도가 걸려 있는 벽을 향해 걸어갔다.

"소림사를 무너뜨리고 빠르게 남하한 빙마곡은 현재 소림과 개방의 잔당들과 신도세가, 이화검문에 의해 이곳에 발이 묶인 상태입니다."

방에 모인 이들이 자신이 가리킨 지점을 모두 확인했을 즈음 혁리건이 다시 입을 열었다.

"현재 저들의 전선은 빠르게 움직였을 때 장강에서 북쪽으로 사흘 정도의 거리가 떨어져 있습니다."

"우리와의 거리는?"

공손무가 물었다.

"정확히 닷새입니다."

"빠르게 움직인다고 가정했을 경우?"

"그렇습니다."

"빠르다면 얼마나 빨라야 하는 건데?"

조유유가 물었다.

"하루에 최소한 삼백 리는 움직여야 합니다."

"삼백 리라. 무리를 한다면 못 할 것도 없겠지만 그래도 꽤나 부담스러운 거리다."

"그래서 하루 정도 떨어진 곳에 말과 마차를 준비해 두었습니다."

"확보했느냐?"

공손무가 반색을 하며 물었다.

"그렇습니다. 오전에 말과 마차를 모두 구했다는 연락이 도착했습니다."

"쉽지 않았을 텐데 비상의 아이들이 준비하느라 고생 좀 했겠어."

공손무의 칭찬에 무표정하게 앉아 있던 한독의 얼굴이 살짝 밝아졌다.

"한데 말을 이용하면 무황성의 이목에 걸릴 가능성이 높지 않느냐?"

갈천상이 우려를 표했다.

"현재 무황성의 모든 정보력은 무황성 주변으로 몰리고 있습니다. 마차와 말이 기다리고 있는 곳까지만 무사히 간 다면 들킬 염려는 없다고 봅니다."

"흠, 그도 그렇군. 하면 언제 움직이는 것이냐?"

"작전의 시작은 오늘밤부터, 작전명은 금선탈각(金蟬脫殼) 입니다."

혁리건의 대답에 갈천상이 껄껄 웃었다.

"허허허! 금선탈각이라. 제대로만 된다면야 아주 그럴듯 한 제목이구나."

갈천상의 웃음 때문인지 혁리건이 다소 신중한 어투로 세부 계획을 설명했음에도 회의실의 분위기는 상당히 들 떠 있었다.

모든 것이 그들의 계획대로 이루어지기라도 한 듯이.

*   *   *

아직 태양이 기운을 잃지 않았음에도 방에 있는 모든 창 문을 닫고 창문 위에 검은 천까지 덧대서 그런 것인지 방 안은 밤처럼 어두웠다.

방에는 대여섯 사람은 뒹굴어도 여유가 있을 만큼 큰 침상 하나와 침상과는 비교될 정도로 초라한 탁자 하나가 놓여 있었다.

바닥까지 길게 늘어뜨린 주렴으로 둘러싸인 침상 위에 진유검에게 패배하고 폐인이 되었다가 천마수의 도움으로 극적으로 무공을 회복한, 현재 무황성은 물론이고 산외산과 루외루에서도 행방을 알아내고자 심혈을 기울이고 있는 단우 노야가 가부좌를 틀고 앉아 있었다.

침상 밑에는 중년 사내와 젊은 청년이 무릎을 꿇고 있었는데 단우 노야를 바라보는 두 사람의 시각엔 큰 차이가 있었다.

중년인의 눈에는 두려움이 가득 차 있었던 반면 청년의 눈에 드러난 것은 무한한 존경심과 경외심이었다.

휘리리리링!

방 안에 느닷없이 회오리가 몰아치며 죽은 듯 눈을 감았던 단우 노야가 천천히 눈을 떴다.

순간, 그의 눈동자에서 온갖 기운들이 나타났다가 사라졌다.

중년인은 감히 눈을 마주치지 못하고 고개를 숙였다.

"준비되었느냐?"

단우 노야가 물었다.

"예, 준비되었습니다."

대답을 하는 중년인의 태도는 극도로 조심스러웠다.

중년인이 문밖을 향해 소리를 치자 세 명의 사내가 점혈이 된 상태로 끌려왔다.

"물러가라."

중년인이 수하들에게 손짓했다.

방문이 닫히자 방에는 다시금 어둠이 찾아왔다.

"이화검문의 제자들입니다. 내력이 제법 정순하여……."

손가락을 까딱여 중년인의 말을 막은 단우 노야가 침상에서 일어났다.

주렴이 걷히고 침상에서 벌어진 참상이 한눈에 드러났다.

여인의 시신이었다.

정확히 말하자면 마치 고목처럼 말라비틀어진 여인의 시체였다.

그것도 무려 세 구나.

중년인은 침상 위의 시신을 보며 침을 꿀꺽 삼켰다.

정혈을 모조리 빨리고 고목처럼 변해 버린 그녀들의 나이가 고작 열일곱에 불과하다는 것을, 반 시진 전까지만 해도 멀쩡히 살아 있었다는 것을 알고 있기에 공포감이 더했다.

단우 노야가 접근하자 이화검문의 제자들의 눈에 두려움이 일었다.

본능적으로 어떤 일이 벌어질지 직감을 하는 것 같았다.

"이화검문이라……."

조용히 읊조린 단우 노야는 별다른 말 없이 천마수를 낀 손을 움직였다.

푸욱!

살가죽 터지는 소리와 함께 가슴이 뚫린 사내의 입이 쩍 벌어졌다.

아혈이 제압당해 있어서 그런지 약간의 흐느낌 비슷한 소리만 들릴 뿐 비명 소리는 흘러나오지 않았다.

사내의 가슴에 박힌 천마수가 투명할 정도로 밝게 빛나고 단우 노야도 지그시 눈을 감고 천마수를 통해 전해지는 기운을 음미했다.

몇 호흡도 되지 않아 사내는 침상 위의 여인들같이 고목처럼 마른 상태로 숨이 끊어졌다.

바로 곁에서 동료의 죽음을 본 두 사내들은 극도의 공포감에 어찌할 바를 몰라 하다 한 명은 그대로 정신을 잃었고 다른 한 명은 사지를 부르르 떨며 오줌을 지렸다.

그럼에도 단우 노야의 손속엔 인정이 없었다.

먹잇감을 탐하는 맹수처럼 빠르게 움직여 두 사내의 정혈을 모두 취한 다음에야 비로소 만족한 표정을 지으며 침상으로 물러났다.

"치워라."

단우 노야의 명이 떨어지기가 무섭게 문이 열리고 시비들이 들어와 침상 위의 여인들과 비참하게 목숨을 잃은 이화검문 제자들을 데리고 사라졌다.

"놈들이 출발했다고?"

단우 노야가 물었다.

"아직 출발했는지 확인하지는 못했습니다만 오늘이나 내일 중으로 출발할 것으로 보입니다."

"여기까지 며칠이나 걸릴 것 같으냐?"

"빠르면 오 일, 늦어도 육 일 정도면 도착할 것이라 예상합니다."

"기다리기 지루하겠구나."

단우 노야의 입가에 섬뜩한 미소가 흘렀다.

"할아버님."

청년, 단우 노야를 할아버지라 부를 수 있는 몇 안 되는 인물 중 하나이자 산외산주의 손에서 간신히 탈출에 성공한 단우종이었다.

단우 노야의 시선이 단우종에 향했다.

단우종은 섬뜩하게 빛나는 눈빛에 움찔했지만 그나마 다른 이들을 대할 때와는 조금은 다른 분위기를 느끼며 조심스레 입을 열었다.

　"할아버님께서 루외루의 지원군을 용납하셨다는 말씀을 조금 전에야 들었습니다."

　"그랬다."

　"다 된 밥에 숟가락을 올리려는 수작입니다. 지원을 대가로 뭔가를 요구하겠지요. 한데도 이를 허락하신 이유를 여쭤도 되겠습니까?"

　"특별한 이유 같은 것은 없다. 적당히 때가 되었고 때마침 놈들이 죽여달라고 하니 그러라 한 것뿐이다."

　"하면 무황성 놈들을 처리하신 다음……."

　"루외루 놈들 역시 같은 꼴이 될 게다."

　"대사형이 할아버님께서 건재하신 것을 눈치챌 것입니다."

　단우종이 약간은 걱정스럽다는 얼굴로 말했다.

　"상관없다. 어차피 노부의 적은 오직 하나뿐이다. 이제 그놈을 만날 때가 되었으니 움직이는 것뿐이다."

　지금껏 표정의 변화가 없던 단우 노야가 처음으로 감정을 드러냈다.

　단우종의 눈이 화등잔만 해졌다.

"하, 하오면 여, 역천혈류사혈공(逆天血流邪血功)을 완성하신 겁니까?"

"네가 그 무공을 어찌 아느냐?"

"고, 곡주에게 들었습니다."

단우종은 단우 노야의 차가운 반응에 아차 싶었다.

단우 노야의 시선이 중년인, 빙마곡주에게 향했다.

혈광이 어른거리는 눈빛을 접한 빙마곡주가 두려움에 몸을 떨며 납작 엎드렸다.

암뇌제혼대법(暗腦製魂大法)이다.

몸은 물론이거니와 영혼까지 제압하는 마공으로 단우 노야에게 무공을 배운 제자들은 그 누구도 암뇌제혼대법의 마수에서 벗어날 수 없었는데 단순히 학습이나 일시적으로 정신을 제압하는 것이 아니라 각자의 머릿속에 경외심과 두려움, 공포를 각인시킴으로써 절대적인 충성을 바치게 만드는 것이다.

무엇보다 무서운 것은 자신의 머리에 암뇌제혼대법이 각인되었음에도 단우 노야가 그것을 사용하기 전까지는 그것을 전혀 눈치채지 못한다는 데 있었다.

"함부로 주둥이를 놀리지 말라 했거늘."

"주, 죽여주십시오, 사부님."

빙마곡주가 죄를 청하며 머리를 바닥에 찧었다.

쾅! 쾅! 쾅!

머리가 깨지고 흘린 피가 바닥을 홍건히 적실 때까지 침묵하던 단우 노야가 무심히 말했다.

"이번뿐이다."

"가, 감사합니다. 감사합니다, 사부님."

빙막곡주는 피가 홍건한 바닥에 몇 번이나 더 머리를 찧은 다음 몸을 일으켰다.

"모두 물러가라."

단우 노야가 귀찮다는 듯 손을 내저었다.

단우종이 황급히 빙마곡주를 부축하여 방을 나섰다.

그들이 사라지고 홀로 어둠 속에 남은 단우 노야는 가만히 눈을 감고 자신을 패퇴시켰던 진유검의 마지막 무공을 끊임없이 떠올렸다.

그러곤 혼자만의 싸움을 시작했다.

『천산루』11권에 계속…

초대형 24시 만화방

신간 100%, 샤워실, 흡연실, 수면실(침대석), 커플석, 세탁기

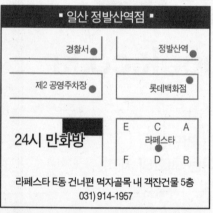

▪ 일산 정발산역점 ▪

경찰서 ●   정발산역 ●

제2 공영주차장 ●   롯데백화점 ●

24시 만화방

E   C   A
라페스타
F   D   B

라페스타 E동 건너편 먹자골목 내 객잔건물 5층
031) 914-1957

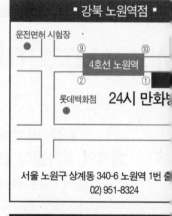

▪ 강북 노원역점 ▪

운전면허 시험장 ●

⑨   ⑩

4호선 노원역

②   ①

롯데백화점 ●   24시 만화방

서울 노원구 상계동 340-6 노원역 1번 출
02) 951-8324

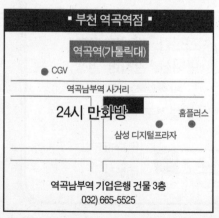

▪ 부천 역곡역점 ▪

역곡역(가톨릭대)

● CGV

역곡남부역 사거리

24시 만화방   홈플러스 ●

삼성 디지털프라자

역곡남부역 기업은행 건물 3층
032) 665-5525

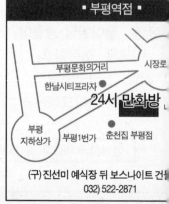

▪ 부평역점 ▪

부평문화의거리   시장로

한남시티프라자

24시 만화방

부평
지하상가   부평1번가   춘천집 부평점 ●

(구) 진선미 예식장 뒤 보스나이트 건물
032) 522-2871

박선우 장편 소설
FUSION FANTASTIC STORY

PERFECT GAME

퍼펙트 게임

고통과 좌절의 시간들을 뛰어넘어
불사조처럼 일어나 세계를 제패한 사나이의 일대기.

대한민국을 넘어 메이저리그를 평정하며
명예의 전당에 헌정된 언터처블 투수, 이강찬.

강철 같은 어깨에서 뿜어져 나오는 그의 패스트볼은
무적이었으며 야구계에 길이 남을 **신화**였다.

야구만을 사랑했던 고독한 사나이.
그의 **퍼펙트게임**이 이제 시작된다!

Book Publishing CHUNGEORAM

떡운 장편 소설

FUSION FANTASTIC STORY

진공

삼국지

2세기 말 중국 대륙.
역사상 가장 치열했던 쟁패(爭覇)의
시기가 열린다!

중국 고대문학을 공부하던 전도형,
술 마시고 일어나니 도겸의 둘째 아들이 되었다?

조조는 아비의 원수를 갚으러 쳐들어오고
유비는 서주를 빼앗으려 기회만 노리는데……

"역시 옛사람들은 순수하다니까.
　유비가 어설픈 연기로도 성공한 데는 다 이유가 있지, 암."

**때로는 군자처럼, 때로는 효웅처럼!
도형이 보여주는 난세를 살아가는 법!**

Book Publishing CHUNGEORAM

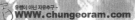

이경영 판타지 장편소설

FANTASY FRONTIER SPIRIT

그라니트

용들의 땅

GRANITE

사고로 위장된 사건에 의해 동료를 모두 잃고 서로를 만나게 된 '치프'와 '데스디아'.
사건의 이면에 장식을 벗어난 음모가 있음을 알게 된 둘은
동료들의 죽음을 가슴에 새긴 채 각자의 고향으로 돌아간다.
2년 후, 뜻하지 않게 다시 만난 두 사람은 동료들의 복수를 위해
개척용역회사 '그라니트 용역'을 설립해 다시금 그 땅을 찾게 되는데……

용들이 지배하는 땅 그라니트!
그곳에서 펼쳐지는 고대로부터 이어지는 운명적 만남,
깊어지는 오해, 그리고 채워지는 상처.

『가즈 나이트』시리즈 이경영 작가의 미래형 판타지 신작!

Book Publishing CHUNGEORAM

유행이 아닌 자유추구 -
WWW.chungeoram.com

니콜로 장편 소설

FUSION FANTASTIC STORY

마왕의 게임

『경영의 대가』, 『아레나, 이계사냥기』
니콜로 작가의 신작!

『마왕의 게임』

마계 군주들의 치열한 서열전
궁지에 몰린 악마군주 그레모리는 불패의 명장을 소환하지만……

"거짓을 간파하는 재주를 지녔다고?"
"그렇다, 건방진 인간."
"그럼 이것도 거짓인지 간파해 보아라."

"─나는 이 같은 싸움에서 일만 번 넘게 이겨보았다."

e스포츠의 전설 이신, 악마들의 게임에 끼어들다!

Book Publishing CHUNGEORAM

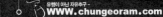

유행이 아닌 자유추구 -
WWW.chungeoram.com